Coverillustration Ryu Sugahara

Cocktail Kiss Label

いつわりの甘い囁き

橘かおる
Kaoru Tachibana

この物語はフィクションであり、実在の人物・団体・事件等とは、いっさい関係ありません。

Contents

イラスト・すがはら竜

いつわりの甘い囁き

「おい、この店では釣り銭をごまかす店員を雇っているのか！」

突然怒鳴られて、レジに入っていた青木恭巳《あおきやすみ》は「え？」と間抜け顔を晒した。レシートと釣りを揃えて渡し、千円札をしまったばかりだ。慌てて、画面に表示されている数字を確認した。しめて六百八十円の買い物で、釣りは三百二十円。別に間違ってはいない。

「俺が出したのは一万円だった。九千円足らないって言ってんだ」

客の言葉に、もしかして自分は勘違いをしたのかと、恭巳は入れたばかりの札に視線を落とした。端の方がちぎれていた千円札にはっきり覚えがある。

どうしようか、と一瞬恭巳は考え込んだ。この場合、客が思い違いをしているのか、あるいはわかっていて難癖をつけているかのどちらかしかない。サービス業でのバイト歴が長い恭巳には、客の表情や口調で、どちらなのかおよそ見当がつく。今回の客は、明らかに後者の方だ。となると対処の方法は、自分が負担して丸く収めてしまうか、あるいはあくまでももらったのは千円だと主張するか、だが。

迷っている間、返事もせずにじっと相手の顔を見ていた恭巳に、ますます苛立った声がかけられた。

「おい、さっさと釣りを出せ。客を待たせるつもりか」

恭巳の小作りの顔の中にバランスよく収まった瞳は、冴え冴えと澄み切っている。白目の部分は僅かに青みがかり、くっきりした黒瞳には潤んでいるような艶《つや》があった。一点の曇りもない恭巳の瞳に映された人間は、居心地の悪さを覚えて思わず目を逸らしてしまう。ひとを傷つけた記憶などなくても、もしかしたら知らないうちに何かしたかもしれない、と内省を強いられる気になるらしい。まして最初から悪意を持って接してきたならなおさら。いきり立って怒鳴りつけるか、すごすごとしっぽを巻いて逃げるか。

「このやろう、ばかにしやがって」

目の前の男は切れて凄《すご》むほうを選んだようだ。

手を伸ばして、恭巳の襟首を掴み上げる。やばいっと恭巳は首を竦《すく》めた。こうして激昂すること自体、逆に客の悪意を証明しているようなものだが、痛い思いをするこちらは堪《たま》らない。

百七十センチにあと一センチ足らない恭巳は、ガタイのいい男に半ば吊り上げられ、苦しそうにもがいた。

棚の整理をしていた店長が慌てて走ってきて、「お客様」とおろおろ声で呼びかけるが、男は聞こえないふりをする。一方の腕で恭巳を拘束したまま、もう一方の腕をキャッシャー内の札に伸ばしてきた。そのまま札を鷲掴みにしようとしたところを、ふいに横から延びてきた手に止められた。

「それをすると、泥棒だ」

「な、な、なんだ！　てめえは！」

揉み合う男と恭巳の側にすらりと立った背広姿の男は、男の手首を掴んだまま現金から遠ざけた。特に力を入れているようすも見せなかったが、男は「いたた」と呻《うめ》きながら、しきりに手首を振っている。続いて背広の男は、恭巳の襟首を締めていた男の親指を掴み、容赦なく反対側に捻《ひね》り上げた。

「わあ！」

今度は男は大きな悲鳴をあげて、飛び上がった。

「何しやがる！」

ズキズキと痛む手を押さえながら喚《わめ》く男に、背広の男はしらっと言ってのけた。

「何って、あんたが千円出して釣りをもらうのを、隣で見ていたんだが」

「な、な……」

パクパクと口を開けて、男は絶句する。

「なんなら警察の前で証言してもいいが」

じろりと睨《にら》むと、男はびびったようで、

「お、覚えていろ！」

おきまりの捨て台詞を残して、店を飛び出し夜の闇の中に消えていった。

唖然《あぜん》としてそのあとを見送っていた恭巳は、目の前にとんと弁当を置かれて我に返った。

「あ、すみません」

咄嗟《とっさ》にレジを打って差し出されたお金を受け取り、釣りを差し出す。

「ありがとうございましたぁ」

マニュアルどおりに頭を下げてから、改めて目の前の男をまじまじと見た。

夏用の薄い背広を着ている。長身だがすらりとしていて、ごつい体つきではない。きちんと掻き上げてムースで固めたらしい前髪が、はらりと何本か額に落ちているところに、鮮烈な男の色気が漂っている。切れ長の瞳が、恭巳の視線を柔らかく受け止めていた。どこか西洋人っぽい彫りの深い顔つきだが、印象はあっさりしていてくどくない。二十代半ば、やり手のエリートサラリーマン、ただし爽《さわ》やか系、という印象だ。

「俺の顔に、なんかついてる？」

高からず低からずの声が、困っている。

恭巳はじっと見惚れていた自分に赤面し、

「あの……っ。助かりました。本当に、ありがとうございました！」

焦りながらレジの前から出て、深々とお辞儀した。側で、まだ若い店長も頭を下げている。

客の横暴を止められなかった自分を恥じてもいるようだ。

「いや、そんなに畏《かしこ》まられても」

男はますます困った顔をする。男の困惑顔にはかまわず、恭巳はもう一度、深く腰を折って感謝の気持ちを表した。男はひらひらと手を振りながら、

「もういいよ。そんなにされるとここに来られなくなるから」

と恭巳に頭を上げるように言った。

「あ、そんな。これからもごひいきに」

慌てて言ってまた頭を下げるのもご愛敬だ。

「ほら、ほかのお客さんが待っているよ」

優しく促して、男は袋に入れた弁当を下げて、その場を離れた。

別の客の精算をしながら、恭巳は横目で男が店を出て行くのをじっと見守っていた。

「いい男だわねえ」

感心したように目の前の客に言われて、恭巳は我に返った。近くに住んでいるらしい顔馴染みの女性客だ。

「そ、そうですね」

なぜだか、声が裏返ってしまって、恭巳はあたふたと客が買った品物を袋に入れた。

「ありがとうございましたぁ」

同じマニュアルどおりの声を出しながら、明らかに男に対したときとは自分の感情が違っている。意識すると、なんだか心臓まで鼓動を早めてしまい「どうしちゃったんだ、オレ」、と、気合いを入れるために頬を叩いた恭巳だった。

　いったん客足が途絶えたところで、店長が、脱力したように控え室側に置いてある椅子に腰を下ろした。基本的に店内で座ることは禁止されているが、見えないところならいいだろうと、控え室に続く通路に椅子が一脚置いてあるのだ。今夜みたいな夜のシフトのときは、ちょっと一服するときに重宝している。

「大事にならなくて、よかったよ」

大学時のバイトから、そのままここの店長になったという彼は、恭巳とそう年は違わない。さっきのような非常時には、どうしても対応が後手に回る。

「それにしても、彼、初めて見るね。なかなかの男前だから、前にも来店していれば覚えていると思うけど。最近このあたりに越してきたのかな」

「どうでしょう。でもこちらにまた見えたときには、なんかサービスしないといけませんね。さっきは動転していて、そんなこと思いつきもしなかったけど」

「あ、そうだね。値引きするとか、おまけするとか、そのあたりは君に任せるよ」

大学進学のために上京したときからこのコンビニで働いている恭巳は、店長に次いでこの店での勤務歴が長い。店長不在のときは代理も任されるほど信頼されている。

「だけど、ほんと、世知辛い世の中だねえ。コンビニで凄むほど困っていたんだろうか」

答えようがなくて恭巳が吐息を漏らしたとき、入り口のドアが開いて、さっと外の生暖かい風が吹き込んできた。

「いらっしゃ……」

いませ、と続くところが、途切れてしまったのは、入ってきたのが今噂をしていた救世主だったからだ。

男は、つかつかとレジに近づいてくると、

「君、シフトは何時まで？」

といきなり聞いてきた。

「はあ？」

首を傾げる恭巳に、男は畳みかけるようにあとを続ける。

「この先の、ちょっと街灯の途切れる路地のあたりで、さっきの男を見かけたんだ。もしかしたら、腹いせに君を襲おうとしているんじゃないかと気になって」

「え？」

客が入ると同時に立ち上がって恭巳の側に控えていた店長が、愕然《がくぜん》とした顔をする。

「余計なことかと、一度はそのまま帰りかけたんだが。万一のことがあったら、こっちも目覚めが悪いからね。ボディガードとまではいかないけれど、牽制くらいにはなるよ」

「重ね重ね、すみません」

男の好意に、胸が熱くなる。見ず知らずの他人をそこまで気にしてくれるなんて、彼は見かけどおりの好青年に違いない。質のいい背広が板についている。ブランドもの、というのが恭巳にはよく理解できないのだが、彼が着ている背広は変な皺《しわ》もなく、オーダーメイドできちんと仕立てられたものだということくらいはわかる。この年でそんな高級品を纏《まと》うからには、それなりの高収入も得ているのだろう。

「青木君、いいよ、今日は帰って。どうせあと三十分くらいで交代も来るし。その間は僕ひとりで大丈夫。わざわざボディガードしてくださるとおっしゃるんだから、甘えさせていただいたら？」

「でも、店長」

困惑する恭巳の背を、店長がぽんと叩く。

「不足分は、また次のシフトのときにでも足してもらうから」

「はい、すみません」

素直にエプロンを外して、カウンターから出た。ここまでしてくれた客の好意を、恭巳も断りたくなかったのだ。腕に覚えなんかないから、襲われると怖い、というのももちろんある。

奥のロッカーにエプロンをしまい、デイパックを提《さ》げて出てきた。

「よろしくお願いします」

ほかに言いようがなくてぺこりと頭を下げると、

「いや、何もそうまでありがたがってもらうほどのことじゃ」

とかえって男は困惑した顔を見せた。照れているのか、さっと背を向けて入り口のドアに向かう。恭巳も慌ててついて行った。店長の「気をつけるんだよ」という声に送られるようにして、昼間の猛暑が残る、生暖かい夜気の中へ足を踏み出す。

「あの」

と恭巳は先を歩く男の背中に声をかけた。

「今夜は本当に」

「もうよそう。そんなに礼を言われては、こっちが困ってしまうよ。ただのお節介なんだから、あまり気にしないでくれ」

「でも」

「もう一度言ったら、ここに置き去りにして行くよ」

ちらりと視線をくれて、冗談なんだか本気なんだかわからない宣言をされてしまう。さすがの恭巳も口を噤《つぐ》むしかなかった。それでも、無言のままでは気まずいので、またなんとなく話しかける。

「あ、オレ、青木恭巳といいます。K大工学部の四年で……」

「K大？　それは奇遇だ。俺もなんだ」

「はあ？」

つまり卒業したということだろうか？

「いや、現役の法学部の学生」

「ウソ……」

思わず口ごもってしまったのは、恭巳のせいではない。どう見てもエリートサラリーマンにしか見えない彼が、まだ大学生だなんて、誰が信じるだろうか。

ぽかんと口を開けて見つめる恭巳に、困ったように咳払いした彼は、

「本当なんだ。なんなら学生証、見るかい？　ちゃんと小山内顕光《おさないあきみつ》って書いてあるから」

「いえ、そんな。信じないとかじゃなくて、ただ」

いつの間にか、横に並んで歩いていた恭巳は、側の長身をじっと見上げた。

「でも、背広だし、この時間にコンビニで弁当なんて、どう見たってサラリーマン……」

「そうかなあ。背広着て大学へ行く学生だっているだろう？」

「いませんよ、そんなの！」

思わず拳《こぶし》を固めて力説していた。その力の入りように、小山内がぷっと噴き出す。

「まあ、リクルートの連中なら、着ているかもしれませんけど」

しぶしぶ認めると、小山内はますます笑い出す。弁当を入れたビニール袋が、小山内が笑いの発作で身体を震わせるのにつれて、がさがさと音を立てている。恭巳は憮然とした表情で、発作が収まるのを待った。

「だからって、そんな高級そうな背広はリクルートの連中だって着やしないし……」

口の中でぶつぶつ文句を言いながら。

「ああ、すまなかった」

小山内は長いこと笑い転げたあとで、ようやく涙を拭きながら笑いを収めた。苦しそうに腹

を押さえている。

「こんなに笑ったのは、久しぶりだ」

「どこがおかしいのか、オレにはわかんないですけど」

嫌みっぽく言ったけれど、別に本気ではない。笑っても男前の印象が崩れない端正な顔に、こっそり見惚れてもいたのだから、照れ隠しみたいなもんだ。

「気を悪くさせたかな」

なのに相手が申し訳なさそうな顔をして覗き込んでくるから、ちょっと慌てた。

「あ、全然、平気っ」

ぶんぶんっと首を振りながら否定すると、小山内が表情を緩めた。微笑したその顔にさえ惹きつけられて、おかしいぞ、オレ、と恭巳は内心で突っ込みを入れた。話題を変えようと、ことさら周囲に目を向け、ここに至って恭巳はようやく、自分の目的を思い出した。

ほんと咳払いして、ふとあたりを見回し、

「もしかして、この辺ですか？」

と薄暗い路地の手前で、身体を小山内の方へ寄せながら尋ねる。

「この辺って……」

なんのことだと言わんばかりの不思議そうな声を出されて、

「だから、あの、待ち伏せ……」

「あ、そう、そうだ。確かこのあたり」

はっとしたように小山内は恭巳の肩に手を置いて、身体が触れるほど引き寄せた。

「危ないから、ね」

肩に手を置かれた途端に、恭巳の心臓が突然ドキドキと高鳴りだした。多分顔も真っ赤になっているだろう。耳とか頬とか、ものすごく熱い。

なんだ、これ。

自分の動揺に気を取られていた恭巳は、だから、待ち伏せを指摘したときの小山内のおかしな返事や、ちょっと考えれば不審を抱きそうな言動にも、全然気がつかなかった。女の子相手ならともかく、もう二十歳を超えた成人男子を、まるで庇《かば》うように自分の傍らに引き寄せるなど、普通はしないものなのに。

何事もなく路地を通り過ぎても、小山内は肩に置いた手を放さなかった。そして自分の不可解な反応に気を取られていた恭巳も、恋人のように寄り添っているこの状態から身を引こうとは思いつかなかった。だって気持ちいいのだ。ちょうど相手の肩に自分の耳が触れる位置、肩を抱いている腕はしっかりと厚みがあって、しかも温かい。

昼間の熱気を残す夜気の中で、人肌が心地よいと感じるその感覚がおかしいと気づかないで、小山内の肩に頭を添わせたまま歩き続けた。このまま時間が止まればいいのになあ、などとぼんやり思っていたのに、見慣れた外壁が見えてきて、現実に引き戻された。

「あ、ここ、なんですけど」

赤錆《あかさ》びた手すりの階段がついたアパートを見上げながら、恭巳は名残惜しそうに呟《つぶや》く。学生だから、見た目がボロいアパートに住んでいたって、別に恥ずかしくはない。築後何十年経っているのかわからないほど外壁の色もくすんでいるその建物を、声もなく見上げている小山内の反応がちょっと気にはなったが。

「本当にありがとうございましたっ」

と強いて元気な声を出すことで、心の中に湧いてきたもやもやを振り払った。たぶんボロいところだくらいは思われているのだろうが、会社に勤めて収入のある連中と比べられても困る。それに見た目はこんなでも、造りはしっかりしているし、トイレと風呂もちゃんと付いているのだ。さらに交通の便はいいし、掛け持ちしているバイト先も全部歩いて行ける距離にある。恭巳にとっては願ってもない好条件のアパートなのだ。

「あ、いや、それはいいんだけど」

「小山内さん、お住まい、どちらですか？　オレ、ずうずうしく送ってもらっちゃったけれど、晩飯まだのようだし、ここから遠いんじゃ、なんか申し訳ない」

「家は、まあ、タクシー使えばいい、けど……」

なんとなく言葉を濁す感じで、小山内が恭巳を見る。何か迷っているというか、そんな視線だ。

「でも、腹、減ってるでしょう。なんならその弁当だけでもうちで食べていきませんか？　お茶くらい入れるし」

「そうだな。じゃ、ちょっとお邪魔しようかな」

じっと見つめられて恭巳は困った。何か言いたそうな含みのある目つきには吸引力があって、引き込まれそうだ。

「汚いですけど」

なんとか視線を引き剥がし、先に立ってギシギシ音を立てる階段を上がる。二階の一番端が恭巳の部屋だ。鍵を取り出してドアを開け、今朝もう少し片付けて出ればよかったと後悔しながら、「どうぞ」と小山内を促す。電気をつけ、六畳一間と狭い台所のある室内をざっと見回した。思ったよりこざっぱりした感じで、昼間は畳んでおく折り畳みベッドがそのままだったのと、その上にパジャマが投げてあるのくらいはご愛敬だろう。今朝寝坊して、ギリギリで部屋を飛び出したせいだ。

台所の流しの横に造りつけの食器棚があり、収納されている板を引き出すと、それがテーブルになる。食事はたいていそこで済ませるので、椅子が一脚だけ置いてあった。

「狭いけど」

と言い訳して椅子に座るように勧め、自分は湯を沸かすためにケトルに水を注ぎ入れた。小山内は部屋に入ってから、まだひと言も口をきいていない。あまりにみすぼらしい部屋に呆れているのだろうかと、そっとようすを見てみると、唖然としたように部屋を眺めてはいるものの、そこには嫌悪といった負の気配はなく、ただ物珍しくて見ているといった印象だった。もしかするとこのひとは実家も金持ちで、裕福に育ったのかもな、とある意味ほっとしながら苦笑した。自分が好意を抱いた相手に軽蔑されるのは、嫌なものだから。

「小山内さん、お茶、入りましたよ。ほら、上着脱いでくつろいで」

近所のスーパーの特売で買った玄米茶を急須に入れ、勢いよくお湯を注ぐ。煎《い》った玄米の香ばしい匂いがあたりに広がった。

「ああ、ありがとう」

小山内は恭巳が差し出した手に脱いだ上着を渡し、勧められた椅子に座って弁当を広げた。湯飲みを側に置くと、さっそく箸を手に食べ始めた彼が軽く黙礼した。

食事中にあんまりバタバタしても、と気が引けたが、さすがに出しっぱなしのベッドはどうよと思い、簡単に折り畳んで隅の方へ避け、パジャマも押し入れの中に押し込んだ。室内を眺め回して、それだけですっきりして見えるようになったのに安心し、パソコン用の椅子を持ってきて小山内の隣に座った。手を伸ばして自分用のお茶を入れる。

やはり空腹だったのだろう。その間に彼はほとんど弁当を食べ終わっていた。

「このお茶、香ばしくておいしいね」

「ただの玄米茶ですけど」

空の弁当箱にふたをしながら感心したように言うので、恭巳は思わず笑ってしまった。

「玄米茶……」

「飲んだことない？」

「うーん、たぶん、ない、と思う」

湯飲みを支えて口元に持っていく動作が、ぴたりと決まっている。一口飲んだあと、軽く指で飲み口を押さえているのは、もしかしたら茶道の心得があるのかもしれない。だったら普段飲んでいるのも玉露系なんだろうな、と恭巳はここでもまた、小山内の育ちの良さを思った。

「あ、ねえ小山内さん、聞いてもいいですか？」

無言でいるとなんか気詰まりだったので、恭巳は学生だと言った小山内の経歴を尋ねた。

「かまわないけれど。その丁寧な喋り方はなんとかしようよ。普通でいいんだからね」

「あ、じゃあ、ちょっと気楽にタメ口で……」

丁寧語なんて慣れないから、実は舌が縺れるところでしたと頭を掻く恭巳に、ふっと笑顔を見せてから、小山内はもう一口お茶を飲んだ。

「別に改まって言うことでもないんだけど、四年前に経済学部を卒業してね」

と、小山内は一度就職したものの、仕事に携わる上で法律の知識が必要なことに気がつき、改めて法学部に入り直したのだと教えてくれた。

「もっとも社会人枠だけどね。受験勉強はさすがに無理だし。それに一応卒業しているわけだから一般教養も免除で、専門課程だけっていう特典付き。司法試験までやるつもりもないんで、まあそれでいいかなあと。もっともちゃんと履修したら単位はくれるそうだけど」

「でも、それってすごい」

思わず尊敬の眼差しを向けると、小山内は視線を逸らし、たいしたことないよ、と首を振った。

「で、その背広姿はどうして？」

ついでに聞いてみると、退職するつもりだったところを引き止められて、現在は休職扱いになっているのだそうだ。そのせいで前に携わっていた仕事から完全には手を離せなくなって、時々引っ張り出されると、苦笑しながら話してくれた。

「そのぶん時給計算で給料をくれるから、実は助かるのも本音なんだけれど」

「収入がないって、やばいじゃん。どうやって生活してるの？」

「まあ、貯金を取り崩して、かな。休職だから会社に籍が残っていて、他でバイトなんかできないんだ。結構大変だよ。今住んでいるマンションも、もっと安いところに引っ越したいんだが、敷金礼金がばかにならないから」

思わず、オーダーメイドらしい背広の上着をちらりと見た。それは今プラスチックのハンガーに掛けられて部屋の隅にぶら下がっている。ああいう服をさりげなく着ている男が、安アパート生活に甘んじる。とても真似できないなと、ますます尊敬してしまう。このまま会えなくなっちゃうのは嫌だなあ、もっと親しくなりたいなあ、という気持ちが、恭巳の口を開かせた。

「このアパート、どう？」

「どうって……」

「隣、ついこの間空いたんだよね。まだ決まっていないと思うよ」

小山内が身体ごと向きを変えて正面から恭巳を見た。その真っ直ぐな視線に目を合わせづらくて、微妙に逸らしながら、このアパートの利点を並べ上げた。

「外側は確かに年季が入っているけれどね、風呂とトイレは付いているし、交通の便もいい。家主が昔気質《むかしかたぎ》のひとだから、不動産会社通していなくて、口コミで来る入居者ばかりなので、敷金も礼金も取らないんだ」

なんでこんなに一生懸命になっているのだろうと自分でも訝《いぶか》りながら、小山内がその気になってくれたらいいなと、心の隅で願っている。

「ありがとう、考えてみるよ」

社交辞令だとすぐわかった。淀みなく口から出た言葉には、その気を感じない。いくら安いアパートを探しているにしても、ここまでボロいと対象外なのだろう。

やっぱり余計なことだったんだ。

そう思ったから、恭巳も軽く受け流した。

「うん、そうしてみて」

弁当を食べて、お茶も飲んでしまうと、もう引き止める口実もなかった。小山内が立ち上がるのを見て、恭巳は掛かっていた背広をハンガーから外して手渡した。

「今夜はお世話になりました」

小山内とともに下まで降りて、改めて礼を言う。

「これに懲りないで、また店の方にでも寄ってください。今度いらしたら何かサービスするって店長が言ってましたよ」

「いや、そこまでしてもらっては……。しかし、店にはまた行くよ。どうせ食事は外食か弁当なんだ。どうも家事は苦手でね」

笑いながら手を振り、歩きだした小山内はもうこちらを振り向きもせず行ってしまった。見えなくなるまで見送ったあと、恭巳は脱力したように肩を落とし、のろのろと部屋に戻った。

パソコン用の椅子をしまい、さっきまで小山内が座っていた椅子の背をなんとなく撫でてみた。バイトで忙しい恭巳が部屋に友達を呼ぶことはあまりなく、ひとりで過ごしている部屋にひとの気配があったのは久しぶりだ。そしてそれが失われたあとの時間は、なぜかもの悲しい。

「いまさらホームシックでもないだろうに」

そんなことを呟いていると、田舎に残してきた両親と弟妹たちの姿がふっと浮かんできた。

高三で進路が話題になったとき、両親は当然地元の大学に進むのだと思っていたらしい。たいして裕福な家庭ではなかったし、下に年の離れた弟妹もいたから、仕送りする余裕はないとはっきり言われてもいた。それを押してまで出てきたのは、自分の学びたい学部が地元の大学になかったからだ。学費は出してもらっているが、生活費はバイトと奨学金でまかなっている。

理系の学部で働きながら学ぶのは、けっこうきついものがあったけれど、それもあと半年少々。まだ就職が決まっていないのがちょっと心配だが、卒業まではなんとかなるだろうと楽観的だ。どうしてもダメだったときは、わたしの助手として大学に残りなさい、と担当教授の石丸《いしまる》に誘われてもいるし。

明日は朝一で、研究室の予約が廻ってくる日だ。寝よ寝よっと。

恭巳が取り組んでいる研究は、ナノテクノロジー分野の中でも超微細シリコンの一種を扱うものだ。原子や分子レベルの実験を行うために必要な機器は非常に高価で、学生同士で融通し合いながら使うしかない。教え子たちの独自な研究を後押しするタイプの教授である石丸も、学生と一緒に順番を待っているなんて現実は少々いただけないが。半面、不足しがちな機材をお互いに譲り合うことで連帯感が深まり、ようやく回ってきた順番が、早朝だったり、深夜だったりしても誰からも文句は出なかった。グループ内の結束を固める役には立っているようだ。

横になってもなかなか眠気が襲ってこない。気がつけば小山内のことばかり考えている自分に、恭巳はギュッと強く瞼《まぶた》を閉じた。

「どうなされました？」

どんなときでも丁寧な口調を崩さない周防《すおう》が、助手席から半ば身体を捻るようにして声をかけてくる。

「どうとは？」

「沈んでおられるように見えますよ」

「ばかな。考えていただけだ」

「それならけっこうですが」

広々した後部座席に陣取りながら、小山内は腕組みをして眉間に皺を寄せていた。

芙蓉電機《ふようでんき》グループの後継者という顔を取り戻した彼には、先ほどまで恭巳の前で装っていた、爽やかな好青年の面影は微塵もない。若くして権力を手中にしている尊大で傲慢な顔。その渋面ですらもともとの見栄えがいいから、決して悪者顔にはなっていないのだが。

青木恭巳の性格は、ある程度予想どおりだった。お人好しで面倒見がよい長男気質《きしつ》。調査書を熟読してから立てた計画は、おそらくうまくいくだろう。それに不安はない。気にかかるのはただ……。

写真どおりの小作りな顔と、繊細に収まったそれぞれのパーツ。影が薄いな、が写真を見たときに受けた印象だったのだが、実物に接して驚いた。薄いなんてとんでもない。身体中から躍動するような生気が溢れていて、溌溂《はつらつ》とした雰囲気が接する相手すべてに好感を抱かせる。

愛されて育った者のみが持ちうる人懐こさに、つい引き込まれる。好きな道を進んでいるという自覚のせいか、苦学生の荒《すさ》みを感じさせない。

澄みきった瞳はことに印象的で、その目で見つめられると、秘密を抱えて近づこうとしている自分の欺瞞《ぎまん》を暴かれそうな気になってしまう。ばかなと思いながら、計画どおりに彼を誘導するために、何度か自分を奮い立たせなければならなかった。

若いながら、落としのテクニックは抜群と言われてきたこの自分が、無害な好青年のイメージを保つために、全神経を動員させなければならなかったその反動が、今のしかめっ面だ。

「しかし、偶然とはいえ、好都合でしたね。あなたが通われている大学に、青木さんも所属されていたとは。近づくには絶好のシチュエーションでした」

「絶好、ではないだろう。キャンパスが違うから、ばったり出くわして、などという手は使えないし。勉強するために再入学したのに、余計な仕事を押しつけられたこっちは大迷惑だ。それで、アパートの手続きはできているか？」

「はい。元の住民も、好条件で地方の仕事を紹介してありますから、こちらにふらふら姿を現すことはないでしょう。最初から隣に越してくるために下準備したとは、青木さんも気づかないはずです。ところで、誘いの言葉は無事引き出せましたか？」

偶然に知り合って、隣に越してくれば、と恭巳に言わせるまでが第一段階だった。チャンスを窺っていたところに今夜の事件があったわけだ。まるで作為したような展開だが、別にそこまで仕組んだわけではない。ちゃっかり利用させてもらったのは確かだが。

「ああ、ちゃんと誘われたぞ」

「さすがに。そういうところで押すあなたのツボは、外れたことがない」

「数日後に引っ越す。準備しておいてくれ」

「荷物は何を運び入れますか？　あまり大量では怪しまれるでしょう」

「ベッドとパソコンがあればいい。うまく信頼を得てサインさせるまでの間のことだ。そんなに長居するつもりはない」

迷う気持ちがどこかにあった。あの顔が悲痛に歪《ゆが》むところは見たくない、と考えかけて首を振った。違う。こちらは正当な条件で彼の研究を利用させてもらいたいだけだ。もちろんそれ相応の金額を提示して。話し合いすらも拒否する頑固な態度を取られなければ、こんな強引な手を取らなくてもよかったのだし。だいたい素晴らしい宝の山を持っていながら、あんなボロアパートに住み続けるなんて気がしれない。

「意外に長引くかもしれませんよ」

小山内に命じられるまま忠実に動く周防は、自分の意見を述べることはあまりないのだが、時々ポロリと漏らされるそれは核心を突いていることが多く、聞いた途端嫌な予感が走った。

眠い目を擦り擦り、恭巳は自転車を走らせている。さすがに大学に徒歩で行き来するのは無理があるが、自転車なら片道二十分くらいで辿《たど》り着ける。始発終電に関係ないから、機器の予約は、争奪戦の激しい昼間を避けて早朝夜間に入れることが多い。そうするとほぼ希望どおりに利用することができるのだ。

昨今の物騒な世相が取り沙汰されるようになってから、夜間は大学の門も閉じられるようになり、門脇に夜警が常駐するようになった。学生証を見せ、行き先と目的を申告して入れてもらう。時間外に訪れることの多い恭巳は、交代で詰める夜警の何人かとは顔馴染みになっている。

「頑張っているねえ。あまり無理をするんじゃないよ」

声をかけられて、

「大丈夫！　オレ若いから」

うんっと力こぶを見せてから、手を振って別れた。後ろで「あまり強そうには見えないよ」とツッコミが入るのは、無視だ無視。

自転車を押しながら駐輪場に向かい、途中にある実験棟を何気なく見上げた。三階の教授室から明かりが漏れている。

「げ、教授だ。やばいじゃん、オレ」

先日早朝に機器の使用を予約したとき、

「じゃあ、わたしも付き合おうかな」

と石丸が言っていたのを、今思い出した。慌てて自転車を停めると、全力疾走で実験棟に向かう。

高価な機材の置いてあるこの建物は、許可された人間しか出入りできないことになっていて、ゲストで申請しても自由に中は見られない。必ず誰かが付き添って、機材の損壊やゲスト自身の身の安全に留意することになっていた。もっとも昼間はさすがにそこまで厳格に規定が適用されることはないのだが、そのぶん、時間外は厳しい。セキュリティロックがかかってそれを無視して入棟しようとすると、たちまち大音響のサイレンが鳴り、警察と契約しているセキュリティ会社に通報がいく仕組みだ。

予約したときに渡されたカードと暗証番号でドアのロックを外し、息を切らしながら階段を駆け上がる。実験室は一階と二階をぶち抜いて作られているが、教授が来室しているとなれば、まずは挨拶だろう。

忙しないノックをして、返事も待たずに押し開けた先に、こんな早朝でもパリッとした身なりの石丸が立っていた。地味ではあるがイギリスのテーラーに作らせているという背広は一日着たあともあまり皺がなく、材質もそうなのだろうが細かいところに手を入れることで、着崩れを防ぐ工夫がしてあるのだという。飲み会か何かのときに、石丸自身がそう言っていた。

「たいしてものに執着はないんだけれどね、これだけはこだわっているかもしれない」

俳優の誰かに似ているという、純和風の顔立ちが穏やかに微笑むと、女子学生たちが嬉しそうに悲鳴をあげる。歳もまだ三十八歳で、若くして教授になった彼は、実は学長の甥《おい》で七光りなんだよ、と申し訳なさそうに裏事情を公言してる。そのくせ学会では斬新な成果を発表していて、若手の中では随一という評価も得ているから、気取らない率直なところや、真摯な研究態度に、女子学生だけでなく、理系の学生間では絶大な人気を誇っていた。

「遅かったね。もうスイッチ類はすべて入れて準備万端整っているよ」

「すみません！」

なんか昨日から謝ってばかりだ、とチラリと思いながら、教授の後ろから部屋を出る。実験室の手前でロッカーに荷物をしまい、白衣を纏《まと》う。

理系というと白衣のイメージなんだけど、なんでかなあ、と、恭巳は白衣に手を通すときいつも感じる疑問をまた思いながら、ボタンを留めた。実験やら何やらで汚れて、染みを落としたりするの、けっこう大変なんだけれどな。

「そのかわり、汚れた原因を突き止めるのも簡単だろう？　色物の実験衣だと、汚れたことさえ気がつかなくて、実際に皮膚に異変が起きてから異常がわかる、なんてことになる」

「うわっ」

胸の中で思っただけなのに、口に出していたらしい。すぐ後ろに立っていた教授から返事が返ってきて、恭巳は思わず飛び上がった。

「白衣はめんどくさがらずにこまめに洗うことが、君自身の安全に繋がるんだよ」

「そ、そうですね」

あまりに近い距離で、教授が喋ると息がかかる。ウヒャッと首を竦めながら、恭巳は慌てて一、二歩退いた。教授はけっこうスキンシップ好きなのだ。女子学生には、セクハラと言われる可能性を考慮して距離を置いているらしいが、その分小柄で扱いやすい（らしい）恭巳が、よくその餌食にされている。

「さて、行こうか」

今度は何をされるかと幾分緊張気味の恭巳にニコッと笑いかけながら、教授は先に立ってドアを開ける。

あの、笑顔。なんか憎めないんだよなあ。

肩に手を置かれて、抱き締められそうになったり、今にもキスしそうな距離に屈んでこられたこともあるが、

「やめてくださいよう」

と困惑して文句を言うと、いつもあの邪気のない笑顔を向けられて、自分のほうが意識過剰なのではないかと思わされてしまう。グループ内でも恭巳は教授のお気に入りと認識されていて、過剰なスキンシップをからかわれることはあっても、嫉妬のかけらも浴びせられることが

ないのは、それが教授の癖だと皆が知っているせいだ。女子学生には、「わたしにしてくれれば嬉しいのに～」と羨《うらや》ましそうに言われている。

実験途中でそのまま保管してあったシリコン基板を取り出し、器具にセットする。メタンガスと水素の準備をして、電子顕微鏡の調節をしていた石丸に合図する。

あちこちで一斉に機器が唸《うな》りをあげ始め、恭巳は一瞬身が引き締まる気がした。

さて、今日はどんな結果が出るか。


午前中の講座はないという石丸に誘われて、恭巳はやれやれと教授室のフカフカのソファに腰を下ろした。造りつけのミニキッチンで、資料整理に来ていた女子学生が淹《い》れてくれたコーヒーを、両手で抱えるようにして受け取り、満面の笑みを彼女に向ける。

「助かるよ～。もう立ち詰めで、足、ガクガクいってんだ。座ったら動きたくなくてさあ。飲みたかったけど淹れる気力もなかった……」

「でも、いいデータ、取れたんじゃない？」

教授専用の広々した机が、実験データで埋まっている。机の端に置かれたコーヒーにも気がつかずに、石丸は真剣な目で打ち出された数字を睨《にら》んでいた。その姿へ目配せしながら、女子学生が揶揄《やゆ》すると、「まあ、そこそこ」と恭巳が苦笑する。

「じゃ、わたしは行くから、あとよろしくね。カップは流しに下げといて」

これから会社訪問なのと言いながら、彼女は忙しそうに出ていった。ずっと同じ教室で学んできて、その優秀さは折り紙付きの彼女にしても、今年の就職戦線はなかなか厳しいようだ。

恭巳はコーヒーを啜《すす》りながら、自分もほんとは走り回らなければいけないのだけどなあ、とチラリと石丸に目をやった。すでに何社か受けたのだが、色よい返事はもらえないままだ。グループの全員がいるところで落ちたことを報告した恭巳に、

「心配しなくても、君の将来はわたしが引き受ける。安心しなさい」

と教授が告げた言葉は、まるでプロポーズみたいだったと、あとでからかわれるネタになった。

――確かにずっと研究だけで生きて行けたら、幸せだけどな。

と恭巳も思う。でも卒業したら親の援助はなくなるし、当たり前だけど自分で食べていかなければならない。もちろん奨学金も返さなくてはならないし、できれば家にも仕送りして、弟妹たちの学資の手助けもしたいのだ。

あとで就職課を覗いてみるかな。

考えながら、一心にデータを見ている石丸をぼんやりと見ていて、コーヒーを飲み終わったら失礼しようと決めた。データの整理まで終えておきたかったのだが、教授が満足するまでは触らせてもらえそうもない。

春先に、恭巳は実験中思わぬ発見をしていた。シリコン基板上に、一平方センチあたり二十

億から三十億本という超微細シリコンを発生させることに成功したのだ。先端の直径が約五ナノメートル（一ナノメートルは百万分の一ミリ）という小ささで、たとえばこれを応用すると、液晶より見やすいブラウン管方式で、液晶なみに薄い超薄型テレビを作ることが可能になるのだ。

今は条件を変えたらどうなるかとか、安定して発生させることができるのかとか、系統的に実験を行い、データを集めているところだ。

「偶然できました、では、だめなんだよ。誰がどこで実験しても、条件が同じなら同じ結果が出るというのでなくては」

でき上がったシリコン基板を確認したあとで、石丸に説諭された。確かに作ろうと思ってできたものではないから、どうしてできたのか、と聞かれたら困ってしまう。

「素晴らしい成果であることは間違いないから、もう少し頑張ろう」

それ以来、恭巳の研究はこれ一本に絞られている。石丸の薦めで、卒論もテーマを超微細シリコンに絞った。とどのつまり、バイトと実験に明け暮れる生活で就職活動がままならないというジレンマに陥っているのだ。

早朝に起きてずっと動き回っていたせいか、椅子に腰掛けてじっとしていると、眠気が押し寄せてくる。データを見続けている石丸の姿が、霞《かす》んできた。ああ、眠りかけているなと思った次の瞬間には、恭巳は机に伏せていた。

やがて健やかな寝息をたて始めた恭巳の側に、データに夢中になっていたはずの石丸が近づいてきた。

「おやおや、無防備なことで」

すっと手入れのよい長い指が伸びてきて、優しく髪の毛を梳《す》き始める。スースーと気持ちよさそうな寝息が漏れている、少し開いた唇を指先でなぞり、石丸が吐息をつく。

「可愛い顔をして……。君が必要だと、何度も意思表示《アピール》をしているのに。なんで、わからないのかなあ。せつないねえ」

そのまま屈み込んで、少し汗ばんだシャツの襟をくつろげてやる。そして悪戯っぽく微笑むと、耳のすぐ下に唇を押し当てて強く吸った。

ピクリと身動《みじろ》ぎした恭巳は、石丸が唇を放すと、何もなかったかのようにまた眠りの中に沈んでいった。

「これで、何度目だろうね、青木君。見えにくい場所とはいえ、付けられたキスマークにまったく気がつかないとは。君自身の無邪気さが憎いよ、わたしは」

君に未だ恋人のいない証だから、まだ許せるけれどね、と自分がつけた鬱血の痕に指を滑らせ自嘲する。

「さてさて、それにしてもあまり無警戒だと、かえって付け入る隙がないというか」

困ったものだと首を振りながら石丸は、最後に柔らかな髪の毛をツンと引っ張ってから、自分のデスクに戻った。

すっと風が剥き出しの項をくすぐり、その感触にぴくっと身体を揺らした恭巳は、ぼうっとした目を上げた。思わず口元を拭いながら、うたた寝していたのか、とゆっくり背筋を伸ばす。違和感を感じて、耳の下あたりを撫でてみるが、虫に刺されたようでもなく、やがて記憶の彼方に薄れてしまった。

「教授、帰りますよ～」

冷たくなった残りのコーヒーを飲み干して、そっと声をかけたが、石丸の耳には入っていないようだ。飲まないまま冷めてしまった石丸のコーヒーカップと自分のを、一緒に流しに下げてさっと洗ってから、恭巳は静かに教授室を出て行った。


実験の結果をまとめるのに数日かかった。石丸が、なかなかデータを渡してくれなかったせいだ。最後までやってしまおうと思ってその日のバイトは断っていたのだが、恭巳の邪魔をしたことにちゃんと気づいていた石丸が「ごめん、ごめん」と謝りながら手伝ってくれたおかげで、思ったより早く片づいた。

きちんとまとめた報告書を手渡すと「よく頑張ったね」と頭を撫でられた。頑張ったも何も、あなたが邪魔をしなければもっと早く片づいていたんです、とも言えず、ため息をつきながら大学を後にした。

バイト先に電話してみると、頼むから来てくれと言われ、荷物を置きに急いで家に向かう。

この日のバイトは夫婦ふたりでやっている小さな定食屋だ。おいしいと評判で、いつ行っても行列ができているところだった。昼は弁当ランチしかないが、夕方からは持ち帰りのおかずもあるのでてんてこ舞いの忙しさなのだ。

夕方に近い時間とはいえ熱暑は収まらず、汗をかきかき自転車をこいでいた恭巳は、アパートが見えてきたあたりで、思わずブレーキをかけた。真ん前の道路を塞ぐように、引っ越し用のトラックが停まっている。

「ありゃ、隣、決まっちゃったんだ。小山内さんにウソを教えたことになっちゃうなあ」

実際に小山内が越してくるわけはないと思いつつ、勧めた責任をチラッと感じてしまう。

アパートには、いわゆる住宅費にお金がかけられない人間が多く入居している。身も蓋もない言い方をすれば貧乏人だ。今時の大学生はけっこうリッチで、マンションとかに入るらしく、アパートの住人は恭巳のほかに学生はいない。

「小山内さんなら、間違いなく浮いちゃうな」

なにしろりゅうとした背広姿しか浮かんでこないのだ。一週間前に知り合った彼のことは、あれ以来何かにつけて脳裏をよぎる。コンビニでバイトをしていても会わないまま日が過ぎて、本来ならそのまま記憶が薄れていくはずなのに、小山内の記憶だけはますます鮮明になる一方だ。

空き部屋が埋まってしまったことになんとなくがっかりしながら近づいたとき、

「青木君」

と声をかけられて、びっくりして振り向いた。手にコンビニの袋を提げた小山内が笑いながら歩いてくる。

「小山内さん？」

「引っ越してきたんだよ。君の勧めに従ってね」

「え？　本当に？」

シャツとジーンズという軽装で、髪も下ろしている彼は、先日会ったときよりも若々しく見える。荷物を運び終えた引っ越し業者に料金を払ってから、見ていた恭巳を振り向いた。

「幸い、大家さんにも気に入られてね、トントン拍子に契約できた。全部君のおかげだよ」

感謝する、と言われても、なんと答えたらいいのか。

「ちょっと寄らないか？　まだ全然片づいていないけど、引っ越しそばを買ってきたから」

そんな恭巳の戸惑いを察したかのように、小山内がコンビニの袋をカサカサ言わせながら気さくに誘いかける。

「ほんとはコンビニで会えるかなと思っていたんだけどね。店長が、今日はシフトに入っていないと教えてくれたのでがっかりしていたところなんだ」

腕を引かれるまま、段ボール箱が重ねられている部屋に入った。

「まだテーブルとかないから」

言いながら小山内は、段ボールの箱のひとつをテーブル代わりに、コンビニの袋からパックに入ったそばと、お茶のペットボトルを取り出した。

「あ、オレ、バイト……」

言われるまま箸を手に取って、そこではたと気がついた。

「食べる暇もない？」

引き留めちゃいけないのかなと、見上げた小山内がどこかひと恋しげに見えたので、

「あ、いや、それくらいは」

と上げかけた腰を下ろしてしまった。

自分も何度か食べたことのあるそのそばは、今夏のヒット商品で、つゆの味と麺《めん》のコシが人気で出せばすぐ品切れになる品物だった。

「よくありましたね、これ」

ツルツル食べながら、なんとなく話しかける。話題と言ってもそんなものしか思いつかないのだから仕方がない。黙ったまま食べるのは気詰まりだし……。

自分らしくないと思いながら一週間ぶりに見る小山内からなぜか目を逸らしてしまう。また会えればいいなと思っていたはずなのに、と自分の心の動き方が今ひとつ理解できないまま。

「俺はここぞという勝負どころで外したことがないんだ」

「ここぞ、なんてそばを手に入れることくらいで言わないよ、普通」

「そばじゃないよ、君だよ」

大げさなと言い返したところに、思ってもいなかったことを言われて、恭巳は危うく喉を詰まらせるところだった。

「大丈夫か」

箸を置いた小山内が、身体を乗り出すようにして背中をさすってくれた。

「ほら、これを飲んで」

ペットボトルを握らされて、口元に押しつけられる。思わずゴクンと飲み込んで、ほうっと息をついた。

「もう、小山内さん、食べてるときにへんなこと言わないでよ」

「ん？　へんなこと？」

「あの場面で、君だよ、なんて言ったら誤解のもとっしょ」

「だけど、コンビニに行ったのはそばを買うためではなくて、君に会いに行ったのだから。どこかおかしいか？」

咄嗟に切り返せず、恭巳は黙ってしまった。じわじわと耳のあたりが熱くなる。それが嬉しいという気持ちであることを、もちろん経験から知っている。見ず知らずの、以前に一度会っただけの男に言われて、なんで自分はこんな……。

「おや、耳が赤くなっているよ」

楽しそうに言われて、ぱっと耳を押さえた。どことなくひとの悪そうな笑みを浮かべた小山内がこちらを見ている。思わせぶりに首まで傾げて。その途端、恭巳は確信していた。

「小山内さん、もしかしてわざと？」

「ん？　なにが？」

とぼけてツルッとそばを食べてみせる小山内に、チェッと舌打ちする。

「いいじゃないか。君も俺に逢って嬉しいと思ってくれたんだろう？　独りよがりだと嫌だなと思って、確認させてもらいました」

「か、かくにん……」

口をぱくぱくさせていると、小山内は食べ終えたパックに丁寧にふたをしてから、手を差し出した。

「これから、よろしく。青木恭巳君」

にこやかに言われて反射的に差し出した手をギュッと握られると、胸の奥までキュンと甘く締めつけられた。

「ところで、バイトはいいの？」

意味ありげに言われて我に返ると、手はまだ握られたままで、思ったよりも近くに小山内の顔があった。

「……！」

なに？　と疑問を感じるより先に唇に柔らかいものが押し当てられる。

「気をつけて行っておいで」

今のはなんだったんだ、とボケッと小山内を見上げ、

「急がないと遅刻だよ」

と促されるままに、いつも下げているデイパックを持って玄関に向かった。座り込んで靴の紐を締め、外に出てからようやく、キスしたんだと脳が認識した。ボッと火を噴いたように顔が真っ赤になる。

「な、何をして……」

文句を言おうと勢いよく振り返った先で、小山内が「ごちそうさま」と笑っている。ひらひらと悪びれずに手を振る彼を見ると、ただの冗談（……たぶん）に喚きたてるのも大人げないような気がして、恭巳は急いで階段を駆け下りた。

――ほんとに、もうっ。教授といい、小山内さんといい。オレはおもちゃじゃないんだ。

薄暗くなりかけた中で自転車を走らせながら、唇が熱を持ったように疼《うず》いて仕方がなかった。唇の柔らかさは男も女も違わない、と知らなくていい知識を持ってしまった、じゃなくて、男にキスされて気持ち悪いと思え、ばか、と自分を罵《ののし》る。だけど、気持ち悪くなかった、とまた正直な心が呟いてしまい、慌てて首を振って不埒な考えを押しやった。

突然のキスに頭がグルグルしていた恭巳は実は軽いパニック状態にあり、その夜のバイトはらしくもないミスばかり繰り返し、店主夫妻に心配されてしまった。

自転車で走り去る恭巳を窓から見送ったあと、小山内はそれまで柔らかに笑んでいた顔を一変させた。表情を引き締め、隣の壁をドンと叩く。アパートの薄い壁は、ときに隣室の話し声さえも筒抜けになる。すぐに携帯を持ったまま、周防が入ってきた。最後の指示を終えて携帯を閉じると、黙礼しながら小山内のそばまで歩み寄って報告する。

「無事にバイト先に着いたそうです。こちらに帰るまで見張るように言っておきました」

ほかからの接触がないかを探るために、現在恭巳には常時見張りがついている。大学構内でも、年齢がごまかせそうな何人かを、交代で張りつけていた。

「目を離すなよ」

彼にサインさせることができれば、数百億の利益を見込める事業を興すことができる。自分が乗り出したからには、おめおめ他社の参入を許すつもりはない。

「わかりました。それと、お父上、いえ、社長から、まだ未確認ですが、マニラで三島《みしま》弁護士を見たという情報があったそうです。現在、うちの現地事業部の手で確認作業にかかっていると」

「三島が？」

三島は、小山内に法律の知識が必須だと思わせた元凶である。芙蓉電機グループの顧問の地位にありながら、会社を法律の迷路に導いた挙げ句に、裏切った。その巧妙な手口に、警察に告訴する根拠を押さえるまでがたいへんな作業だった。そして告訴した途端に、海外に逃亡してしまったのだ。

一連の事件の渦中で小山内は、少なくとも相手の言動をおかしいと思える程度の法律の知識を身につける必要がある、と痛感したものだ。

今は複数の弁護士を顧問に雇い、ひとりに集中して事案を預けることはなくなった。安全性は増したが、調整する手間がかかる。どちらのやり方も一長一短で、もどかしい。自分が法律に熟知していれば、また違ったやり方ができるはずだ。

「捕まりそうか？」

「さあ、そこまではまだ……」

首を傾げてから、周防は積み上げられた段ボールにチラリと視線を投げた。

「片付けさせましょうか？」

「ああ」

その場を周防に任せて、小山内はパソコンの入った箱だけを自分で開け始めた。周防はいったん部屋を出て、隣の部屋から数人の男を連れて戻った。彼らに箱を開封し整理するように指示している。ひと部屋ではなくふた部屋分押さえてあるのは、待機場所確保のためだ。恭巳は、隣が空いたということは知っていたが、その隣まで引っ越して行ったことは知らなかった。もちろん小山内と周防が、金で話をつけた住人を密かに移動させたからである。

「夕食はどうなさいます？」

そば程度では腹が膨れないのを見越して周防が尋ねた。顔を上げた小山内は、ちょっと考えただけで、

「何か材料を買っておいてくれ」

と告げた。

「ご自分で、作られるのですか？」

呆れたように周防が言うのは、芙蓉電機グループの後継者という地位にある小山内が、これまで家事をしたことがないと知っているからだ。

「作るわけないだろ」

「じゃあ……」

「焦げ付いた鍋を見れば、腹を空かせた哀れな男に、飯くらい作ってくれるだろ、彼が」

なんでもないことのように小山内が言うのを聞いていると、罪悪感が湧いてくる周防だった。

小柄な身体で元気いっぱいに動き回っている恭巳に好感を覚えた上に、あの澄みきった瞳は遠

目に見てもインパクトがあったのだ。欺瞞を抱いて近づく自分たちを、後ろめたく思わせるほどに。

きちんと片付けられた部屋を見渡してから、周防はパソコンにかかりきりの小山内に挨拶し引き上げていった。隣の部屋も常駐者のみを残して解散する。アパートの近辺は、時折犬が吠え、表通りを走る車のけたたましいクラクションが聞こえるほかは、しんと静まり返った。

十二時近くになって、くたびれたような自転車の音が近づいてきた。音を消してパソコンを操作していた小山内の耳は、油の足りない車輪の音を耳ざとく聞きつけ、素早く準備をする。あとは恭巳がこの部屋の前を通りかかるのを待って……。

ガラガラガッシャーンと、派手な物音と押し殺したような声を聞いた恭巳は、その部屋の前を素通りすることはできなかった。そっとチャイムを鳴らしてみて、返事がなければお節介はよそうと決めながら指を伸ばす。部屋の主である小山内に対して、恭巳は現在複雑な感情を持て余している。できれば数日、間を置いて、自分の心が落ち着くまでは顔を合わせたくなかったのだが。

一度鳴らしたチャイムに返事はなく、決心したにもかかわらずどうしようかと佇《たたず》んでしまった。迷いながら、そっとノブを回すと鍵が掛かっていない。あっさり開いてしまったドアに困惑する暇もなく、充満していた焦げ臭い匂いに、靴を蹴り飛ばして駆け上がった。

「小山内さん！」

台所に駆け込んで、うっと鼻を摘む。一目でその場の惨状を見て取って、恭巳は素早くガスを切って換気扇を回し、真っ黒になった鍋を流しに投げ込んで蛇口を全開にした。その後でようやく、手前で腕を抱え込むようにして蹲《うずくま》っている小山内の側に屈み込む。

「大丈夫？」

そっと声をかけると、俯いていた小山内が苦痛で歪めた顔を上げた。

「ああ、君か。すまん、火を止めてくれないか」

「もう止めたよ。どうしたの、これ？」

「夕食を作ろうとして……」

言いかけるのに、

「こんな時間だよ」

と思わず恭巳は声をあげていた。

「夕方そばを食べたから、そんなにおなかが空かなくて。そのまま済ませようと思ったんだが、我慢できなくなってね。ちょっと夜食をと」

口ではおどけたように言いながら、小山内はまだ顔を顰めたままだ。

「それ、見せて」

恭巳は、小山内が抱え込んでいた腕に手を伸ばし、押さえていた指を外させる。右手の甲のあたりがひどく赤くなっていた。

「火傷したんだ」

「どじっただけ。たいしたことない」

なおも軽い調子で言う小山内に、今度は恭巳が眉を潜めた。

「ちょっとじゃないよ、これ」

言うなり、デイパックから自室の鍵を取り出して慌ただしく立ち上がる。

「流水で冷やして待ってて。俺の部屋にアロエがあるから持ってくる」

そのまま部屋を飛び出し、自分の部屋の窓辺に置いてある鉢から肉厚の葉を二枚剥がしてきた。縁のとげとげを綺麗にし、薄皮を剥いで粘つく汁が滴る部分を火傷の痕に押し当てた。

「テープ、ない？　止めておかないと」

見上げた小山内がないと思うと返すので、もう一度自室に戻ってテープとハサミを取ってきた。

「じっとしてて」

ヌルヌルする部分から汁が滲《にじ》んでいるので、固定させるのがひどく難しい。何カ所か短いテープで留めて、ようやく恭巳はほっと息をついた。

「包帯もないよね」

「ああ」

まあいいか、うちにもないしな、と呟く恭巳は、植物のひんやりした感触に痛みが薄らいだのか、感謝の目を向ける小山内から慌てて視線を逸らした。緊急時だったから、気まずさを感じる前に行動できたのだ。落ち着くと、どうしても夕方のキスを意識してしまう。

「じ、じゃ、オレ帰る。酷くなりそうだったら、病院へ行ってね」

立ち上がろうとすると、さっと小山内の手が延びてきて腕を掴まれた。

「申し訳ないが、面倒見ついでに、コンビニで弁当でも買ってきてはもらえないだろうか」

その間にここをなんとかするから、という小山内が視線を流した先の惨状に、恭巳は目を見張る。流しの中には、焦げ付いた鍋のほかにも、フライパン、切り損ねたらしい野菜くず、元は肉とおぼしい炭のようになった塊などが散乱していたのだ。

「失敗したの、今のだけじゃなかったんだ」

思わずつぶやいた恭巳に、小山内が苦笑する。

「どうも、家事は苦手なんだ」

これは苦手という段階ではない、壊滅的だ、と内心では思ったが、これ以上小山内の気力を削いでも、と賢明にも口を噤んだ。しかし同時に、本来の恭巳の世話好きな気持ちが刺激された。共働きの両親を助けて、長年弟妹たちの面倒を見てきた中で培われた、筋金入りのお節介だ。

「ちょっと冷蔵庫、開けてみていい？」

立ち上がると、いいとも言われていないのに、冷蔵庫を覗き込む。

「豚肉とキャベツと、ああ、モヤシもある。ご飯は？」

と炊飯ジャーを見ると、ああ、こちらは押すだけの操作だったのが幸いして、水加減を間違えたらしい少し軟らかめのご飯ではあったが、ふっくらと炊けていた。

「野菜炒めとみそ汁だな」

ぶつぶつ言いながら、もう手は慣れた手順で動いている。あっという間に湯気の立つ夕食が整えられ、食器棚から引き出した狭いテーブルの上に置かれた。

「どうぞ、めしあがれ」

「あ、ありがとう……」

どこか茫然としたように、小山内が差し出された箸を手にして立っていると、恭巳が急いで自分の部屋から持ってきた折り畳み式の椅子を広げた。

「とりあえず座って」

「ああ、そうだな」

「ほら、早く食べないと冷めちゃうよ」

言われて、小山内は火傷した手でぎこちなく箸を握り、恭巳の料理を食べ始めた。

「……うまい」

野菜炒めを口にして、思わず小山内が呟いたので、「だろだろ？」と恭巳は胸を反らした。

「隠し味にオイスターソースを使ったんだ。みそ汁は市販のだしだけれど、今度時間があるときは、イリコだしのコクのあるみそ汁を作ってあげるよ」

あとは言葉もなく黙々と小山内が食べる間に、鍋の焦げつきをこそぎ落とし、フライパンを始末する。

「このフライパン、もうだめだからね。気の毒だけど新しいのを買ったほうがいい。それと折り畳みの椅子もね」

「わかった」

みそ汁を飲み終えた小山内は、満足そうに腹をさすっている。

「その手じゃしばらく料理はできそうにないから、手が空いたときでよければ、オレがなにか作ってあげるよ」

「いや、そこまでは迷惑かけられない。コンビニもあるし、学食も利用して……」

「だから、手の空いたときだってば。オレだっていつも家にいるわけじゃないからね。せいぜい週に二～三日だよ。小山内さんが恐縮するほどたびたびじゃないから」

食べ終えた小山内の食器も引き取って手早く洗い上げてしまった恭巳は、いいからいいからと笑いかけた。

「コンビニ弁当だけだと栄養がね」

コンビニに勤めているオレが言っちゃいけないんだけれど、とちょっと首を竦め、

「縁があってお隣同志になったのに、小山内さんが栄養失調になるの、見ていられないよ。これは単なるオレのお節介」

と、まだ躊躇《ためら》う小山内を押し切った。

「小山内さんの事情を聞いていなければ、オレが時々手伝いに行く定食屋を紹介してもいいんだけれど、安いとは言っても毎日だとけっこう物入りだから」

「……バイト、コンビニだけじゃないのか？」

不思議そうに首を傾げた小山内に、

「コンビニだけじゃ、食べていけないよ。定食屋と、あとふたつばかり、時間が空けば行くところがある」

と恭巳が答えると、ひどく意外そうな顔をした。

「それだけ掛け持ちすると、きついんじゃないか？」

「まあね。でも仕方がないよ。仕送りする余裕はないから地元の大学へ行けと言われたのを振り切ってこっちに出てきちゃったから、せめて生活費はね」

小山内の顔が微妙に表情を変えた。同情、とはちょっと違うが、こちらを気遣うような感じであることは間違いない。気にかけてもらうのが嬉しいような、気まずいような。だがそれ以

上小山内に気を使わせるのは嫌だ、と恭巳はさっと腰を上げた。

「もう寝ないと。明日も早いんだ」

話を逸らすように笑いかけて、デイパックを拾い上げた。

「火傷、明日の朝もう一回アロエを取り替えてあげるから」

口早に言うと、小山内が何か言いかけるのを聞こえないふりで立ち上がった。ドアを開けようとしたところで後ろから肩を掴まれ、弾みで半身翻ったところに優しいキスが降ってきた。

「ほんのお礼」

チョンと押し当てられただけのキスに、全身が震えた。自分の思わぬ反応に放心したように見上げた先で、小山内は意味ありげな艶やかなウィンクをしてよこした。

「……っ！」

思わず相手を突き飛ばし、唇を押さえながら飛び出した。ドアが閉まる寸前楽しそうな笑い声が聞こえたのは、もしかしてこっちの狼狽《ろうばい》を笑ったのだろうか。自分の部屋に戻った恭巳は、閉めたドアにぐったりと凭《もた》れ掛かった。

「なんなんだ、あれ」

慌ただしく夕食の用意などをしていた間は意識しないでいられたのに、あの最後のキスとウインクで強烈に惹きつけられた。なんだか膝もガクガクしている。

「キス、するなって言わなくちゃ……」

そして、嫌だと思わない自分にもガツンとゲンコを食らわす。

「しっかりしろ、オレ」

そんなわけでその晩よく眠れなかった恭巳は、隣の部屋をノックするとき警戒心からかなり緊張していた。

「おはよう」

と言いながら小山内がドアを開けた途端に一歩飛び下がり、棘《とげ》を取ったアロエをグイと差し出した。

「これっ、薄皮を剥いて張りつければいいから」

差し出された指を、小山内はどこか笑みを含んで見てから、おもむろに恭巳の顔を覗き込んでくる。

「してくれないの?」

「あ、あんたが、へんなこと、するから」

「へんなこと?」

「覚えがないなあ」と嘯《うそぶ》く小山内は、一瞬気を抜いた恭巳の手首を掴んで、中に引き入れた。もう一方の手でパタンとドアを閉め、ついでにロックしてしまう。

「な、な、何する……」

掴まれた手を振り払い、ドアに背中を押しつけるようにして小山内から少しでも遠ざかろうとした恭巳は、さっさと背を向けて部屋の中に入ろうとする彼をぽかんと見つめた。申し訳程度についている台所の扉を開けて、小山内が振り返る。

「あれ、何を警戒しているのかなあ。俺はただ、治療してもらおうと思っているだけなんだけれど」

ひとの悪そうな笑みを浮かべながら火傷した手を振ってみせる。

「それとも本当はキスを期待していたとか？」

「なわけないだろ！」

思わず怒鳴り返してから、恭巳は乱暴に靴を脱いで上がり込んだ。

「小山内さん、ここ座って」

昨日置いたままだったテープやハサミを手に畳の中央にでんと座って、ここ、と自分の前を指さす。

食器棚からコーヒーカップを出そうとしていた小山内は、苦笑しながら恭巳の前に座った。あぐらを掻いたその足が、腹が立つくらいに長いことを目に留めながら、恭巳は小山内が出した手を取って、昨日張りつけたアロエをピリッと剥ぎ取った。

「うん、赤みは引いてる」

じっと目を凝らして確かめてから、自分の持ってきた新しい葉の薄皮を丁寧に剥いで、そっと押し当てた。テープできちんと止めてから、

「あ、大学行くのにみっともないと思ったら、コンビニで包帯買って巻いたらいいよ。ついでに応急セット一式もね」

横から覗き込んでいた小山内は、純粋に感心したようだ。

「けっこうひどい火傷だと思ったが、ずいぶん簡単に治ってしまうんだな。市販の薬よりよく効くんじゃないか？」

「アロエは万能薬って言われているんだ。母さんにひと鉢置いておけ、なんて押しつけられたんだけどね。オレもかなりお世話になったよ」

「いや生活の知恵とはたいしたものだ。ところで恭巳君、今日の予定は？」

小山内に名前を呼ばれて、恭巳は思わず目をしばたいた。確か昨日までは青木君、だったような。じゃ、もっと親しくなったら、今度は恭巳、と呼び捨てになるのだろうか？

「恭巳君？」

目の前でひらひらと手を振られて、恭巳はハッと我に返った。このところ彼の前で放心する癖がついたようでまずい。

「な、に？」

「晩ご飯、期待していいのかな、今夜」

「あ、えーっと」

素早く今日の予定を浮かべてみる。

「うん、大丈夫。八時くらいまでには帰れると思う。少し遅くなるけれど」

「こっちもそれくらいのほうがいいな。じゃあよろしく頼むよ」

と言いながら小山内は、部屋の鍵と千円札を一枚差し出した。

「なに？　これ」

「俺の分の食費と、留守にしていたら入って準備を始めておいてほしい、と思って」

「金なんかいらないよ。それに自分の部屋で作ってから持って来るし」

じっと恭巳を見詰めたあとで、小山内はぷいっと横を向く。

「そう、なら、ご飯も作らなくていいよ」

急に冷たい声になって、鍵と札を引っ込めた。そのまま背中を向けてしまうから、恭巳は慌てた。何が彼の機嫌を損ねたのだろう。自分は純粋に好意で申し出ているだけなのに、どうして怒るのか。

「……なんで？」

わけがわからずに呟くと、聞き咎《とが》めた小山内が、顔だけこちらに向けて答えてくれた。

「材料もそっち持ちでしかも作ってもらうだけじゃ、施しを受けているのと同じだろ。本当は一緒に作れる腕があればお互い様、だったんだが、それは無理だとわかっているから。残念だよ、一緒にご飯を食べたかったのにな」

その理屈にぽかんと口を開けた恭巳だったが、相手の立場に自分を置いてみると、小山内の持つプライドがようやく理解できた。経済的にお互い楽ではないとわかっていて、年上の彼がおんぶにだっこでは、確かにやりきれないだろう。できないことはできないとちゃんと認めた上で、できることは対等にする。そういうプライドのあり方は、恭巳にもすんなり受け入れられた。なにより、一緒にご飯を食べたいという台詞にはまいってしまう。

「あの、小山内さん。お金、ください」

くるりと彼の正面に廻って、手を差し出す。

「鍵も」

すると、それまで表情を厳しくしていた小山内が、掌を返したように笑顔になった。

「君ならわかってくれると思ったよ。これからもよろしく」

あまりの変わりように、ハメられたような気がして釈然としない恭巳だったが、とりあえず鍵と札を受け取った。

「だけど、これ一食分としては多すぎるからね。一週間分ということで」

半分逆襲のように言い捨てて、小山内の返事も待たず、部屋を飛び出していった。

「おおい、一週間分って、どういうことだ?」

階段を駆け下りながら、手すりの上からかけられた声にはもう返事はせず、大きく一度手を振っただけで、自転車で走り出した。

「勤めていた頃なら、一食千円くらい使っただろうけどね、小山内さん。切りつめた食生活ってのは一週間ひとり千円、ふたりなら二千円あれば、まともなおかずができるんだよ」

快調にペダルを踏みながら恭巳は、夕食を前に目を丸くしている小山内を想像し、唇をにやつかせていた。

六時から一時間半ほど臨時の塾講師を務めたあとで、恭巳はスーパーに駆け込んだ。売り切れごめんの半額セールのワゴンを回って食材を集め、意気揚々と自転車の籠に入れる。蒸し暑い夜気に滲む汗を拭いながらアパートに戻り、自分の部屋に行く前に小山内の部屋をノックした。返事がないのを確認して、預かった鍵でドアを開ける。

「お邪魔しまーす」

と留守とわかっていても声をかけながら靴を脱ぎ、部屋に上がった。ひと間だけの部屋は片隅にベッド代わりのソファが置いてあり、その上に布団が載っている。テレビとパソコンラック。それだけでいっぱいだ。

台所の流しを見ると、結局今朝はコーヒーだけ飲んで行ったのだろう。茶色の染みがついたカップがそのまま置かれていた。

「飲んだら水につけておくように言わないとな。茶渋と一緒で、落ちにくいんだ、これ」

ひとりで生活していると独り言が多くなってしまう。恭巳はキョロキョロと周囲を見て、食器洗いに必要なスポンジも洗剤も磨き粉も、なーんにもないことに気がついた。

「小山内さん、これまでほんとにひとりで生活していたのかよ。ちょっとやばいんじゃない？」

これからの時代、女性が家事を引き受けてくれるなんて期待しないほうがいいんだからね、とここにいない人間に説教しながら、買ってきた物の整理をする。今夜の材料だけ残して冷蔵庫にしまい込み、段取りを考えながら鍋や包丁を取り出した。

「調味料だって、何これ」

あるべきものがなくて、使いそうにないものが並んでいる。結局洗剤をはじめ、不足する鍋もその他の材料も自分の部屋から持ってきて料理を始めた。

「これじゃあ、うちで作ってから持ってきたほうが早いじゃん」

思わず文句が出てしまった。

「そうなのか？」

返事が返ってきて、恭巳はビクッと肩を揺らす。

「……帰ってたんだ」

噂をすれば影というのは本当だなと変なところに感心しながら振り向くと、今日はラフなポロシャツにチノパン姿の小山内が、後ろに立っていた。

「不足しているもの、買っておいてくれないかな。何しろひとり暮らしは初めてなんだ。思いつくものはたいがい揃えたつもりなんだけど」

「ひとり……初めてって、でもマンションにいたんでしょ？」

「マンションといっても、管理がついているやつで、つまり家政婦つき、ってやつ？　掃除洗濯炊事。一式込みのマンションだったから」

家事に関しては赤ん坊なみ、いやもっと始末が悪いかもしれない、と小山内は笑ってみせた。

「洗濯機もマニュアルを読まないと使い方がわからないんだ。何しろ新品だから」

「なんか、それって……」

話をしながらも恭巳は手を動かし続け、ふわんといい匂いが漂い始めた。ちょっと情けないと続けるのは失礼な気がして言葉を飲み込んだのだが、

「晩ご飯、何？」

言いかけて口を噤んだ先を促すでもなく、小山内が鼻を蠢《うごめ》かしながら首を突っ込んできた。

「だめ。とにかく、手を洗ってきて。それからテーブル引き出して箸とか並べて。すぐできるから」

「わかった」

狭いテーブルに座って食事するのは慣れているはずだった。しかし、それがひとりではなくふたりだと、肘はぶつかるし、皿の置き場所にも困るし。ぶつかりそうな距離に他人がいる事実に、なんだか照れてしまう恭巳だった。

でもありふれた鯖《さば》のみそ煮とおひたし、みそ汁と漬け物、なんて食事が、味付けはいつもどおりのはずなのに、すごくおいしく感じてしまうのは、お喋りしながらの食事というしばらく遠ざかっていた家庭の雰囲気のせいだったのかもしれない。

作ったおかずは綺麗にふたりのおなかに入ってしまい、多めに炊いたご飯もなくなってしまった。その間にお互いのこともぽつりぽつりと話す。

恭巳は、郷里にいる両親や弟妹のことを話し、小山内も離れて暮らしている両親のことを口にした。

「ひとりっ子なんだ」

そんな雰囲気だ、と恭巳がしたり顔で言うと、小山内は微妙に顔を歪める。決めつけた言い方が気に入らなかったらしい。

「だって、上げ膳据え膳だったから、なんにもできない男になっちゃったんだろ」

「なんにも、とはひどいな」

言い返しても、恭巳は笑うだけだ。

片付けはふたりでした。恭巳が洗い、小山内が拭き上げる。ゴミの処理までしてから、恭巳は自分の部屋に戻った。おいしいおいしいと言いながら食べていた小山内を思い出すと、明日は何を作ろうかな、などと考えてしまう。オレは主婦かいと自分でツッコミながら寝床に横たわって、笑顔のまま寝入ってしまった恭巳だった。

さすがに毎食ご飯を作ることは叶わなかったが、それでも最初思っていたよりもひんぱんに、恭巳は小山内の部屋で過ごしていた。小山内の問題は食事のことだけではなかったのだ。どうしたらいいか？　と聞きに来られるたびに隣を訪問することになる。

洗濯機に洗剤を入れすぎて、何度濯《すす》いでも泡が消えなかったり、掃除機が詰まったと言われてふたを開けると、そんなところが開くんだと感心して覗き込んでくるので、紙パックの取り替え方を教えた。レンジで卵を破裂させたりというお約束の失敗もあった。ゴミの分別も目の前で実践して教え込んだ。

出会いのときのパリッとしたスーツ姿で感じたエリートサラリーマンという印象は、恭巳の中でどんどん崩れていって、手の掛かる隣人に成り果てているのに、そんな小山内にいっそう惹きつけられてしまう自分がいた。

その日の夕方バタバタと帰宅すると、実家から届いた宅急便を小山内が預かってくれていた。スーパーの袋を置いてから箱を受け取り、なんとなく不審そうな顔の彼に「何?」と尋ねると、

「いや、なんかもっとこう、冷たい関係なのかと思ってた。親に逆らってこちらに来たようなことを言ってたし、生活費も自分でまかなっていると言うし」

「そうだけど、親は親じゃん。オレだってちょこちょこ電話とかしてるし、父さんの給料日には、母さんがこうしていろんなものを送ってくれるんだ」

座り込んで小山内の前で箱を開けて見せた。中身はインスタントラーメンやレトルトの雑炊、果物、お菓子などで、一緒に入っていた封筒には手紙とお金が同封されていた。

「自力で頑張ると言ったのはオレだけど、喧嘩して出てきたわけじゃないよ」

「羨ましいな」

ふと零《こぼ》れた言葉を聞き咎めて、手紙を読んでいた恭巳が顔を上げた。

「小山内さんのところは、違うの？」

「両親とも仕事仕事で、あまりかまってもらった記憶がないな。小さいころは祖母に育てられた。おかげでけっこう自由にはさせてもらったが」

どこか自嘲するような言い方に、恭巳は小山内の膝に手をついて身体を乗り出すと、顔を覗き込んだ。

「でも、寂しかったんだ？」

「どうだろう。もう忘れたな。いずれにしろ、今となってはどうでもいいことだ。寂しければこうして身体を温め合うことも覚えたし」

膝についた手を取られてクルッと捻られ、あっという間に彼の腕の中。そのままギュッと抱き締められて、握っていた手紙がひらひらと落ちてしまう。

「な、や……っ」

「挑発しだろう？」

どこか意地悪そうな声で言われて、「してない」と頭を振った。

「オレ、そんなつもり……」

「それとも同情？」

逃れようと身を捩《よじ》ると余計に力が強くなり、無駄に抗う恭巳をどこか面白そうに見ている。

その余裕に腹が立つ。拳を握って胸を叩くけれど、肘を押さえられているのでダメージを与えることすらできなかった。

身体を捻るようにして抱かれ、胸がぴったり合わさっている。自分の心臓が段々速度を上げているのが伝わってしまうのではないかと、気が気ではない。意外に熱い小山内の体温がシャツ越しに伝わってきて、身体の奥の方がざわめき始めた。このままじっとしていたら、どうにかなりそうだ。震えるように息を吸った途端、小山内の首筋から漂う仄《ほの》かな体臭を胸いっぱいに吸い込んでしまい、さらにくらりときた。

自分の身体が、まるでスローモーションのように畳の上に倒れていくのがわかる。そして小山内の顔が近づいてきて……。

自然に閉じてしまった瞼の上に、唇が優しく触れていった。代わる代わる触れて、そのまま滑り降りてきた唇に、自分のそれをすっぽりと覆われてしまう。甘く吸われて快感が走り、恭巳は無意識のうちに小山内のシャツを握り締めた。

「キスは初めてじゃなかったな」

息がかかる距離、笑みを含んで囁かれる。こちらがもの慣れないようすで、歯を食いしばっているのを揶揄しているのだ。

「……ほかの子とも、したことあるよ」

悔しくて、カラカラに干上がった喉から無理やり強がりな声を押し出した。

途端にむっと表情が変わるのは、気に入らないという意思表示だ。なんだよと、恭巳は内心で口を尖らせる。そんな顔をする、そっちこそどうなんだよ、と視線で咎めた。それと察した小山内が、僅かに身動ぐ。

「押し倒されるのは、初めてだろう。怖いか？」

気を取り直したように言うのが、なんだかおかしい。横たわって、自分と同じ性を持つ相手にのし掛かられているというのに、さして危機感も感じていない。ズシリとくる重さが気持ちいいなんて。

「怖くは、ないよ」

「なぜ？」

聞き返されても、困る。ゆっくり項を撫でている指が気になって、きちんと考えられない。背筋を何度も電流が走り、腰のあたりが緊張していく。小山内が身動いだ弾みで、腿に硬いものが触れ、体温が上がり始める。

「……小山内、さん…」

喘《あえ》ぐように声が出ていた。

「わかるだろう、俺は君で感じるんだ」

こちらがギクリと強張ったのが、伝わっただろう。苦笑する気配があって、また唇が近づいてきた。抵抗するべきだとは、どこかで思っていた。けれど、柔らかく押しつけられるキスは気持ちよくて、開いておこうと瞼に力を入れていたはずなのに、目は自然に閉じてしまう。上唇と、下唇を交互に甘噛みされて、今度は自然に開いたその奥に、肉厚な舌が忍び込んできた。

「ん、んっ」

甘ったるい呻き声をあげているのが自分だと気づいた途端、カアーッと全身が熱くなった。口腔を荒らし回った小山内は続いて唇を顎《あご》に這わせ、そのまま喉もとに滑らせた。いつの間にかシャツの前が開かれていて、唇はなんの抵抗もなく鎖骨を伝って胸の飾りまで辿り着いた。

ささやかなその突起に、ねっとりと舌が這う感触を、なんと表現したらいいのだろう。くすぐったくてぞくぞくして、痺れるような不思議な感覚は、胸から全身に広がったあと、下半身に収束する。小山内が勃っているのは知っていたが、自分のそれも、触れられもしないのにムクムクと大きくなっていく。

チクッとしたのは、胸の先端を噛まれたせいだ。

「あっ」

思わず仰け反っていた。それはまるで、もっと胸を突き出したポーズのようで、恭巳は慌てて身体を捩ろうとした。なのに浮き上がった背中に腕を回されてさらに持ち上げられ、恭巳の両方の突起は、小山内の格好の餌食になってしまった。

「ここ、感じるだろう」

揶揄されても、答えられない。代わる代わる舐められ吸われるたびに、ビクビクと身体は震えるし、腰の昂りは隠しようもなく膨れあがる。なんでこんなことになっているのか、血が上ってて熱くなりすぎた頭では、もう何も考えられない。与えられる愛撫に敏感に反応する若い身体があるばかりだ。

ゆっくりと身体が下ろされ、胸から唇が退いてホッとしたのか、がっかりしたのか。息継ぎをする間だけ小山内が余裕をくれたのだとも知らず、胸筋が大きく膨らみ萎んだ途端、今度は臍《へそ》のあたりに生暖かなものを感じて肌を引きつらせた。

「あ、なに？」

ウエストもすでに緩められていて、悪辣な指がぐいと下着ごと押し下げる。

「やっ！」

これにはさすがに恭巳も我に返って、足をばたつかせた。

「だめ、小山内さん……」

その足を押さえつけられて、すぐに動けなくなってしまう。

「だめじゃない、いいって言うんだ」

含み笑いをしながら言われたときには、恭巳の昂りは小山内の指に包まれて、たちまち快感の滴を浮かべていた。

「あっ、や……んん」

思わず唇から零れ落ちた喘ぎ声を、それ以上漏らすまいと、懸命に歯を食いしばる。

「…可愛い」

吐息のように聞こえてきた言葉に、ゾクッと背筋を震わせ、さらに敏感になった茎の先端から滴を溢れさす。

下ばえを梳かれ、丹念に揉みしだかれると、若い性は、堪らず込み上げる射精感に翻弄される。

「あ、あぁ……。イく…っ。やっ……イっちゃ、う…」

自分から腰を振って、昂りを小山内の手に押しつけるように仰け反っていた。急激に訪れた絶頂に息を詰め、的確に急所を擦り上げる小山内の指で、解放に導かれる。

「やあぁぁっ」

噴き出した白濁は小山内の手に受け止められ、頭の中が真っ白になった恭巳は激しく息を喘がせていた。快感のあまり浮かべていた涙が、固く閉じた瞼から溢れて頬を伝っていく。

徐々に呼吸が落ち着くのを見計らって、小山内の身体がまた重なってきた。はだけた胸に、シャツの布地が擦れた。

——自分はこんなに乱れた格好なのに、このひとはまだ服を着たままなんだ。

バラバラだった思考力がようやく戻りつつある頭で恭巳はそんなことを思っていた。

自分がされたこと、してしまったことに、まだ現実感がなく、あちこちに不意に降ってくる小さなキスに、心地よくその身を委ねていた。

「これはなんだ！」

その夢心地の中から、乱暴に揺り起こされる。押し殺したような唸り声とともに、顎をぐいと掴まれて、一方に傾けられた。

「……っ」

捻り上げられて苦痛の声が漏れた。

「ここの、キスマーク！　誰につけられたんだ」

指でぐいと耳の下を突かれ、責められても、なんのことかさっぱりわからない。

「いたい…」

小さな声で抗議して振り払おうとするが、逆に掴んだ指に力を込められてしまう。

「誰だ！　言え」

「知らない……、痛い、よ」

本当にわからないのでそう言うと、小山内は乱暴に恭巳を揺すった。

「初めてだと言うから、優しくしたのに」

さらに怒りに震える声で問い詰められ、恭巳は懸命に首を振った。違う、知らない、なんのことかわからないと言いながら、小山内の腕に縋りつく。じっと下から見上げる真摯で潤んだ瞳に、僅かに小山内の怒気が逸らされる。

「……ほんとに、知らなかったのか？　ここの痕」

恭巳の指を握って、耳の下あたりに触れさせる。

「痕?」

覚束ない声で聞き返す恭巳に、小山内が胸の奥から深いため息をついた。

「知らなかったんだな」

「……うん」

そのままギュッと抱き締められて、恭巳はおずおずと小山内のシャツを握った。

「君の身体に痕を残すのは、俺だけだ。もうほかのやつに触れさせるんじゃないぞ」

その勝手な宣言が、恭巳の理性を一気に覚醒させた。我に返ってみると、自分の晒した痴態に目眩《めまい》がしそうになる。咄嗟に身体を振り解き、小山内の腕から逃れてシャツの前を掻き合わせた。ずり下げられた下着とジーンズを慌てて引き上げ、部屋の隅に這うようにして逃げる。

「小山内さん、あんた、オレに、何をしたんだ!」

詰《なじ》ろうとあげた声も不自然に上擦って、小山内がぷっと噴き出した。

「ちょっとかわいがっただけだよ」

「かわいがった…って!」

なんでもないことのように言われて、言葉に詰まる。

「たいしたことじゃないだろ。ほんの少し、ひとの手の気持ちよさを教えてやっただけじゃないか」

よかっただろ、と悪びれないウィンクをされて、口をぱくつかせる。

「あ、あれが、ほんのちょっとって！　あんた、何、考えてるんだよ！」

勢い込んで怒鳴りつけたのに、

「可愛いなあ。フーフー毛を逆立てている子猫みたいだ」

などと呟かれてかっとなった。可愛いなんて、冗談じゃない。高校までは、よくそんなふうにからかわれていたこともあって『可愛い』は恭巳にとって禁句なのだ。腹を立てるべき論点がずれているのも気づかずに、悔しくてきつい視線で睨んでいると、

「まあまあ」

と軽くいなされてしまう。すっと距離を詰められて、ポンポンと宥めるように背中を叩かれた。

「からかい甲斐があって、飽きないよ」

まだくすくす笑っているので、拳で鳩尾を突いてやった。あまり力を入れたつもりはないが、さすがに急所なので、小山内はケホケホと咳き込んでいる。

「謝らないからね」

プンとそっぽを向いていうと、「ふうん」と意味ありげに覗き込まれる。

「冗談なのが、気に入らない？」

「当たり前だろ。なんで、冗談であんなこと！」

言いかけて、されたことを思い出してしまい、真っ赤になって、それ以上言葉を続けることができなくなった恭巳の面前に、小山内がぐっと顔を突き出してきた。思わず身を引いて、顔を引きつらせる。

別におかしなことを言った覚えはないぞ。オレは当然の抗議をしただけで。なのに、墓穴を掘ったような嫌な感じがするのはなぜだろう。

「冗談じゃなければいいって聞こえるぞ」

「……？　ば、ばかぁ！」

一瞬意味を計りかねて間が空いたあとで、恭巳は飛び上がった。考えるより先に手が伸びて小山内の顔をひっぱたいていた。ひょいと顔を背けられたので、平手打ちにはならなかったが。

そのまま靴を突っかけて部屋を飛び出した恭巳の後ろから、

「おおい、今夜の晩ご飯は？」

とのんびりした声がかけられた。自分の部屋のドアを開けながら、

「勝手に作ればっ」

と怒鳴り返して、苛立ちのままバタンと大きな音をさせながらドアを閉める。そのまま背中をドアに押し当てて、ずるずる座り込んでしまった。

「ひどいなあ。俺が作れないのを知っていて……」

ぶつぶつ言う声は聞こえていたが、立ち上がって出ていく気力はなかった。

——冗談じゃなく、って。だったら本気で？

あの台詞を言ったとき、笑っていたはずの彼が、一瞬マジな顔になっていた。もともと怜悧《れいり》に整っている顔だ。柔らかな表情でいるから意識しないでいられたのに、あんな真剣な顔をされたら、そのまま引きずられそうで……。なのに、次の言葉は「ご飯は？」なんだもんなあ。

顔を覆って、ハアッとため息をつく。隣人の態度に一喜一憂している自分がばかなんだ、とよろよろと立ち上がる。いや、今されたことを思えば、動揺したって当然だ。一瞬拳を握り締めていきがり、ついでまた、がっくりと肩を落とした。

今夜の食材も、実家からの差し入れも、手紙だってあっちの部屋に置いたままだ。このままにしておくわけにはいかない。気合いを入れるためにパチンと両の頬を叩いて、ドアを開けた。

隣の部屋から首を突き出してようすを窺っていた小山内が、ニコッと笑いかけてくる。

「もうしないから、おいで」

猫撫で声で呼び、手がちょいちょいと招いている。

——なんだか、肉食獣が自分の巣穴に餌《えさ》を誘い込んでいるような感じがしないでもないんですけど。

そう思いながらも、視線で小山内を牽制しながら彼の側を擦り抜けた。

「ああ、よかった。今夜は腹を空かしたまま寝る羽目になるのかと、心配だったよ」

大げさに胸を撫で下ろす仕草をする小山内に、まだ警戒心をびんびんに張り巡らせながら、恭巳は台所に置いたままだったスーパーの袋を開いた。

「そっから一歩でもこっちに来たら、今度こそ晩飯抜きだからね」

一応予防線を張ってから、心外だと首を振る小山内を横目でチラチラと警戒しながら料理にとりかかった。

八宝菜をご飯にかけて「中華丼」と、テーブルに置くと、小山内が目を見張る。お新香とお湯を注ぐだけでできる卵スープを並べ、恭巳は「箸」とわざと横柄に言ってやった。

「へえ。これが中華丼ね」

感心したようにジロジロ見ている小山内に、「なんか文句ある?」と視線を向けると、「おいしそうだ」と笑顔を返されて、今度はこっちが目をぱちくりさせる。

「そうか、八宝菜の具は、中華丼の具と同じものが多いから、そのままかけてしまえばいいのか」

さらに感心したように言われて、逆に言い訳をしてしまう。

「ほんとは味がちょっと違うけれどね」

「いや、たいして変わらないよ」

小山内が買い揃えた二脚の折り畳み椅子が並べられている。一歩でも近づいたら飯抜き、と脅したことをもう忘れたように、恭巳は肩が触れ合う距離に座って一緒に箸を動かし始めた。

「ああ、キクラゲの歯ごたえがなんとも言えない」

味わっているかのように口を動かす小山内を、恭巳がチラリと意地悪げに見る。

「ニンジンも彩りが綺麗だろ」

わざとらしく箸で摘んで見せびらかす。実は小山内は、ニンジンが嫌いなようなのだ。食べられないわけではなく、残したこともないが、表情でなんとなくわかってしまった。

「意地悪だな、恭巳は」

男前の顔が、少し拗《す》ねたような表情を浮かべている。それを見ると、なんとなく仕返ししてやったようで気分がいい。恭巳はニヤニヤ笑いながら、自分の皿のニンジンを一切れ小山内の皿に移す。

「プレゼント」

そうするとますます嫌そうに彼が顔を顰めるので、ついプッと噴き出してしまった。小山内も、楽しそうに笑う恭巳につられたように苦笑し、そのまま和やかな時間が過ぎていく。

片付けが済んだあとで、実家から届いた夏みかんを剥いて小皿に並べ、パラッとグラニュー糖をかけた。ラップして冷蔵庫にしまうのを、小山内がもの欲しそうに見ている。

「風呂上がりに食べるといいよ。ひやっとしておいしいから」

「今食べたらだめなのか？」

お預けを言い渡された犬のように悄然とした顔をするので、恭巳が笑いながら、

「食べてもいいけど、ほんとに食べごろのやつを食いっぱぐれることになるよ」

と脅すと、「なら、早く風呂に入ろう」といそいそとシャワーの支度を始める。

「なーんか、あんな姿を見ていると、エリートサラリーマンっていう最初の印象は詐欺だとか、思っちゃうんだよなあ」

思わずぼやいてしまう。

「オレも自分の部屋で入ってくるから」

一声かけて、荷物を抱え自室に戻った。

着替えを出しながら、携帯で実家にかける。電話に出たのは弟の克巳《かつみ》だった。中学一年になったばかりの生意気盛りで、恭巳からとわかった途端、妹の、こちらはまだ小学六年の琴美《ことみ》と受話器の奪い合いを始めてしまった。

「おーい、克巳、琴美。いい加減にしろよ」

「貸して」だの「こっちが先だ」だの、喚き合っている声が聞こえてくるばかりで、恭巳の呼びかけは無視されてしまう。

「どうしようかな」

宅急便の礼を言いたくてかけたのだが、この調子だと母親に替わってもらえるかどうか。あとでかけ直した方がいいか、と切ろうとしたとき、

「恭巳か？」

穏やかな声が受話器から聞こえてきた。父だ。どうやら言い争っているのを聞いて、電話の

相手を察したらしい。

「あ、父さん？　宅急便届いたよ。ありがと、助かる。今日は帰りが早いんだね。この時間に父さんがいるなんてさ」

小さな会社に勤務している父親は、ひとりでこなす仕事量も多く、たいがい帰宅時間は九時を過ぎていた。

「ああ、ちょっと具合が悪くてね。早退させてもらったんだ」

「え？　大丈夫なの？」

「ああ、大丈夫だ。ゆっくり休んだから。たぶん明日は出社できるだろう」

「気をつけてよ。もう若くないんだからさ」

「おいおい」

笑いながら父親が抗議し、その元気そうな声に安心して電話を切った。電話が切れた途端、替わってくれなかったと文句を言い始める弟妹たちの声が聞こえるようで、恭巳は微笑しながら携帯を置いて風呂場に向かった。

東京に出てきた当初、お兄ちゃん子だったふたりが、のべつ幕なしに寂しいと電話をかけてきていた。電話代が思わぬ金額に跳ね上がってしまったのを母親に叱られ、以後は、こちらからしたときは別として、自分たちからかけるのは、土日のどちらか、そして通話時間も決められてしまった。だからたまに用事があって恭巳から電話をすると、さっきのようにふたりの間で争奪戦が繰り広げられることになるのだ。

風呂に入って自分の裸体を見た途端に、さっきの出来事が蘇る。身体のあちこちにバラ色の痕が散らばっていて、恭巳はなるべくそれらを見ないようにしてさっと身体を洗った。耳の下をタオルで擦っているときに、ふと手が止まる。

——ここに痕があるって……。

指がそのあたりをさすり、首を傾げる。恭巳にはまったく覚えがないのだ。

——きっと虫さされか何かを、小山内さんが勘違いしたんだ。

無理やり自分を納得させ、覚えのないキスマークのことは脳裏から追いやってしまった。

風呂から上がると、小山内に呼ばれ、冷蔵庫で冷やした夏みかんを一緒に食べた。小山内とじゃれ合うようにして過ごす時間は居心地よく、この時間を失いたくないと恭巳は思った。そう思う自分の心の真意をまだ深く考えたくない気持ちが強い。小山内にされたことはなるべく忘れようと決めたのに。折に触れて戻ってくる記憶が、決していやなものではないことに気づいた恭巳はそのたびに困惑する。

——気持ち、よかったんだよなあ。

ため息を漏らすと、さらに腿に当たっていた小山内の昂りの感触まで蘇ってくる。

——小山内さん、アレ、どうしたんだろう。

と、つい考えてしまって、

「うわあ、ばかばか、オレ。考えるなって」

慌てて頭を振って、別のことに意識を振り向けようとするのだった。


「今日、バイトの給料が入るんだ。ちょっと贅沢《ぜいたく》に手巻き寿司するから、楽しみにしていて」

朝、そう言いながら手を振って出て行った恭巳を見送ってから、小山内は隣室から周防を呼び寄せた。

「給料日だそうだ。手配しろ」

「はい」

これまでの間で、十分親しくなったと小山内は思う。だが、さりげなく持ち出した恭巳の研究に関しては意外に口が堅くて、まだ聞き出せないでいた。もう一歩踏み込んで、もっとこちらを信頼させなければならないと、新たな計画を立てたのだ。

そう、あの冴え冴えと澄み切った瞳が、無条件の信頼を浮かべて自分を見るように導かねば。

「教授のほうはどうだ」

むろん恭巳の指導教官である石丸にも、接触を図らせている。

「軽くいなされています。さすがですね。報告書を読んで、狐と狸の化かし合いをしている気になりましたよ」

「問題は超微細シリコンが安定供給できるようになっているかどうかだ。それと他社がどこまで食い込んでいるか」

「教授は、ほかからのアプローチがあることはすんなり認めましたが、研究がどこまで進展しているかは言を左右にして確証を掴ませません」

小山内は、苛立たしげに髪を掻き上げた。

「ここまで来ていまさらだが、すべてがガセということはないんだろうな」

「その日、一緒にいた数人の学生から確認が取れてます。ある条件下で、規則正しく配列された超微細シリコンができたことは間違いありません。ただ、その後は教授の指示で実験データは極秘扱いになって、教授の許可がなければ、触れなくなっているそうです」

「まあ、当然の処置だろうな。恭巳が研究のことを口にしないのも、教授に指示されているからかもしれない」

言いながら、小山内はふと時計を見た。

「とりあえず、俺は大学に行く。今日は早めに帰るから。しくじるな」

と言い残して立ち上がると部屋を出た。

頭を下げて見送ったあとで、周防は隣室に詰めていた男たちに指示を出した。戸締まりをして引き上げようとして、ふと、戸棚に並べられた食器類に気を取られた。ふたり分の茶碗と湯飲み、そして汁椀。コーヒーカップも小山内用の大ぶりのカップの横に、恭巳専用のが置いてある。このカップを、小山内自ら買って帰ってきたのを見たときから、周防はある懸念を抱いている。もちろん、狙った相手を口説き落とす小山内の手腕に不安を持ったわけではない。周防が心配するのは、落としたあとのことだ。

「まだ自覚はしていらっしゃらないようだが。恭巳、と自然に呼び捨てにしていらっしゃいますよ、顕光様」

自分が口を出すことではないか、と静かに首を振りながら、周防は預かっている鍵でドアを施錠した。

「おーい、青木」

学食の前で呼び止められて振り向いた。同じゼミの久保田《くぼた》が、汗びっしょりになって走ってくる。恭巳は少し遅めの昼食を取って、これからバイト先に向かうところだ。

「よかった、捕まって」

ハアハア息を切らしながら、久保田が恭巳の肩に手をかける。それを思わず大げさに振り払ってから「あ、ごめん」と慌てて謝った。

「なんだよ」

と呆れ顔の久保田のまだ荒いままの息が首筋にかかりそうでムズムズする。

この間から自分が他人との接触に過敏な反応をしていると、恭巳にもわかっているのだ。耳の下にキスマークがあると小山内に教えられたことで、神経質になっているらしい。それと「俺以外に触らせるな」と囁かれたこと。

キスマークは、きっと小山内の勘違いだし、「触らせるな」なんて勝手な言いぐさだなどと思いながらも、身体が自然に相手を拒絶してしまう。中でも、教授のスキンシップを無意識に避けたときには、大げさに嘆かれて閉口した。

膝に手をついて身体を折り曲げながら苦しそうに喘いでいた久保田は、ようやく息を整えて顔を上げた。ひょろひょろと背だけが伸びた彼は、そのままポキッと折れてしまいそうなほど細い身体をしている。

「その過剰反応、早く直せよな」

「だから、ごめんって。で、どうしたんだ、そんなに慌てて。急ぐんなら携帯に電話してくれれば」

「したさ。でも全然出なかったのはおまえじゃないか」

「え？　鳴らなかったぞ？」

ポケットを探り、念のために肩に引っ掛けていたデイパックの中も見てみるが、携帯電話はない。

「……家に忘れたかも。やべえ」

思わず首を竦めた。

「ほんとに、もう。みんなに聞き回って捜したんだぞ、俺」

恨みがましい視線で睨まれて、「ごめん、ごめん」と頭を下げる。

「汗だくで走り回って、喉も渇いたなあ」

暗に飲み物を奢れ、と言われて、ちらりと時計を見る。まだ時間の余裕があることを確かめて、学食を指さした。

「コーヒーか、ジュースでいいか？」

「いい、いい。上等だ」

途端に笑顔になって、現金な久保田は恭巳の先に立って、さっさと食堂に入る。

「それで、用ってなんだよ」

紙コップにたっぷり入ったアイスコーヒーをひと息で半分ほど飲み干してから、フウッと息をつく久保田に催促する。学食のコーヒーは、味はインスタント並みだが量だけはたっぷりある。恭巳は自分用に買ったコーヒーを、口をつける前に久保田のカップに半分分けてやった。

「やあ、気が利くなあ、サンキュ。もうほんとに喉が渇いて」

「いいから。で？」

ゼミ仲間の彼が自分を捜しているなら、実験途中のシリコンのことだろうと思いながら用件を話すように促す。

「ああ、そうそう。実はこの間おまえがやっていた実験のデータ、教授に言ってちょっと見せてもらえないかな。メタンガスと水素の混合比率だけでいいんだが」

「失敗したほうの？」

「そうそう、そっち。それならだめってことはないだろ」

頷く久保田に、恭巳は困ったように眉を顰めた。

「オレもそれくらいはいいと思うんだけどな」

「やっぱ、教授がネックか」

久保田ががっかりしたようにため息をついた。

「なんで、そんなに抱え込んじゃうんだろうなあ」

ぼやく久保田に、恭巳も「そうだよな」と頷く。

「実験が重複しないように、データを共有したほうがいいとは、何回も言っているんだけど。完成したときのデータが流出したらまずいからって、失敗したときのも全部教授に管理されちゃってるんだ」

「おまえ、それって、まずくないか？」

コーヒーをズズッと音を立てて飲みながら、久保田が躊躇いがちに口を切る。

「まずいって？」

「まさか、教授。研究を独り占めにして自分の成果にしようとか」

深刻そうに久保田が言うものだから、息を飲んで彼の言葉を待っていた恭巳が、プッと噴き出しつつ、手を振って否定する。

「ないない。あのとき超微細シリコンができたことは、うちのゼミの者なら皆知っていることだし、第一教授はそんなひとじゃないよ」

「でも、データは独り占めにしているんだろ」

「だから、それは用心のためだって」

明るく笑い飛ばす恭巳に、久保田はまだ疑わしそうに「そうかなあ」と言っていたが、別に自分の意見に固執するつもりはなかったようだ。

「そんなわけで、データは提供できないんだ。一応オレから教授に言ってみてもいいけれど、たぶん無理だろうな」

と申し訳ない気持ちで話すと、

「くそう、やっぱりだめか」

久保田は天を仰いで嘆息した。

「そこだけズルできたら、別のアプローチをしてみようと思ったんだけどな」

「すまん」

「いいさ。完成したら、うちのゼミから大金持ちが誕生することになるんだもんな。応援しているから、ガンバレよ。完成した暁にはどっかの料亭で大盤振る舞いを頼むぜ」

「……大金持ちって」

思わず口ごもった恭巳の肩を、久保田がバーンと叩く。

「このー、とぼけるなよ」

「痛いなあ。別にとぼけてなんていないさ」

力いっぱい叩かれてヒリヒリする肩を撫でながら、恭巳が恨めしげに見上げる。

「おまえの超微細シリコン、応用できる家電がいっぱいあるじゃないか。特許申請してそれを提供したら、一夜にして大金持ちも夢じゃないだろうが。ああ、なんであのとき、あの組み合わせを思いついたのが俺じゃなかったんだろう」

のっぽの男が両手を組み合わせて祈りのポーズを取ったところで、可愛いどころか気味悪がられるのがオチだ。恭巳も「ばかやってるんじゃないよ」とテーブルの下で久保田の脚を軽く蹴ってやめさせた。

「でも、何社かから、話、きてんだろ？　俺にも聞きに来たやつがいたぜ。教授の箝口令《かんこうれい》があるから、おまえの名前も内容も、なんにも話さなかったけれどな。万一俺から情報流出なんてことになったら、教授に単位もらえなくなっちゃうから」

「たとえ来ても、今の状態じゃ、話しもできないよ。だって、どうしてあれができたのか、いまだにわからないんだ」

進展しない研究に思いを馳せて、今度は恭巳が「アーア」と頭を抱えた。

「おっと、バイトの時間だ」

思いの外時間が経っていることに　ハッと気がついて、恭巳が慌てて立ち上がった。「いってらっしゃい」とひらひら手を振る久保田に頷いてから、空のコップをゴミ箱に入れて、急ぎ足で学食を出て行った。

今日は掛け持ちしている二カ所から給料がもらえることになっている。シフトに入っていないコンビニのほうに先に回って受け取ってから、今夜のバイト先へ向かった。もよりのスーパーでは、寿司ネタは何時から安くなったっけと考えながら自転車をこぐ恭巳の胸は、ウキウキと弾んでいた。


外の通路から聞こえる話し声に、小山内はふと顔を上げた。いつもなら恭巳が帰ってくる時間だが、今日はもう少し遅くなるはずだ。支給された給料をなくしたとなれば、警察にも行くだろうし、自分で心当たりを探しもするだろう。

耳を澄ませて聞き取った声は、だが、恭巳のものに間違いない。周防から失敗したという連絡は入っていないが、何か手違いでもあったのか。

恭巳と相手の話し声が気になって、さりげない素振りを装ってドアを開けた途端、

「どうしたんだ、恭巳」

思わず恭巳の側に駆け寄っていた。付き添ってきた警官が誰だとばかり不審そうに見るのもかまわず、信じられない思いで無惨な姿の恭巳を見つめて絶句する。シャツの袖が破れ、肘まで包帯に包まれている。そして、ジーンズも膝に穴が空いて、手当てした跡が覗いていた。

「何があった」

肩を揺すって問い質したいのに、ほかにも怪我をしていそうで迂闊《うかつ》に触れない。

「給料、取られちゃった」

きゅっと眉を寄せ、唇を噛んでから、恭巳は笑顔らしきものを浮かべた。痛々しいそれを目にした小山内は、思わず手を伸ばして彼を引き寄せていた。背中を何度か軽く撫でてやると、ヒクッと喉が鳴り、それまで堪えていた涙が湧き上がってきたようだ。声を押し殺して泣く恭巳の肩が震え、胸元が滲み出た涙で湿ってきた。

「何があったんです？」

困惑して立ったままの警官に、小山内が問いかけた。

「あなたは？」

「隣に住む友人です」

きっぱり言って警官を促す。

「ひったくりに遭われたんです。バイクの男が後ろから追いかけてきて、バッグを取ろうとしたところ、弾みで自転車ごと横倒しになって少し引きずられたとか。一応、応急処置は済んでいるのですが」

「バッグは……ヒクッ……少し離れた溝に、あった、けど。財布と、給料袋、が……」

しゃくり上げるのを堪えながら、恭巳があとを続けた。

「どうしよう、小山内さん。オレ、どうしたら……」

悔しそうに唇を噛みながら、恭巳が潤んだ瞳を上げて小山内を見た。

「大丈夫だ。とにかく、そのままじゃあなんだから、着替えておいで」

穏やかに恭巳の背中を叩いて、部屋に行くように言った。

「あ、うん」

頷いて、送ってくれた警官にペコリと頭を下げると、自分の部屋に入っていった。それを見送ってから、小山内はクルリと警官を振り返る。

「犯人は捕まりそうですか」

端的に尋ねると、警官は、申し訳なさそうにちょっと首を傾げた。

「正直に申し上げて難しいかと。バイクのナンバーを見ていれば、あるいは、捕まえられるかもしれませんが。それも盗難車ということの方が多くて。精一杯の捜査はしますが」

「よろしくお願いします。本日は本当にお世話になりました」

小山内が頭を下げるのを、これが仕事ですからと敬礼して警官は帰っていった。

小山内は恭巳の部屋を覗いてシャワーの音がするのを耳にすると、怪我をしているのにと眉を顰めた。が、今のうちに事情を確認しようと思い、自分の部屋に携帯を取りに行った。水音が続いているのを聞きながら、周防の短縮番号を押す。

「はい」

「恭巳に何をした！」

声を潜めていても、激怒していることは伝わったようだ。一瞬間が空いて、用心深い声が返ってきた。

「ご指示どおりに、給料袋を手に入れたと報告が来ておりますが」

「恭巳に怪我をさせていいとは言っていないぞ」

「お怪我、なさったんですか？」

「実行したやつを首にしろ」

「はっ？　それは……」

電話の向こうで、周防が絶句する。そこまで極端なことを言われたのは初めてだったので、面食らっているようだ。

「バイクに引きずられたそうだ。それがどんなに危険なことか、おまえにもわかるだろう。こっちが必要としているのは、生きて研究する恭巳なんだぞ。わかっているのか！」

声を潜めているつもりだったが、苛立ちは募る一方で、最後は怒鳴っていた。

「……小山内さん？」

ドアが開いて恭巳の顔が覗き、小山内はハッとして携帯を切った。

「今何か怒鳴り声が……」

「ああ、すまない。君のことを考えていたら、つい。それより怪我をしているのに、シャワーなんか浴びて大丈夫なのか？」

「ただの擦り傷だから……」

「ん？　どうしたんだ？」

困った顔つきの恭巳に気がついて、問いかける。

「バスタオル、忘れて」

恥ずかしそうに言うところをみると、素っ裸のままなのだろう。小山内は一瞬息を止め、ついで思わずごくりと喉を鳴らした。その自分自身の反応に、愕然とする。覚えのある衝動は、これまで女性相手に感じていたもので、間違っても恭巳に感じていいものではない。確かに衝動的にキスを仕掛けたことはあるし、一度は悪ふざけが過ぎて、手でイかせてしまったこともあるが、それはあくまで冗談のうちで、慌てる恭巳を見て笑っただけ……。

本当にそれだけだったのか？　ではあのとき勃っていたのはどうしてだ。何事も冷静に理詰めで物事を片付ける理性が働きだし、自分の行動の矛盾を暴き立てようとする。

なぜ男にキスする気になったのか、赤くなって狼狽える恭巳を笑った自分は、それから彼をどうしたいと思い、実際にどうしてしまったのか。彼の裸に、欲望を覚えるのはなぜなのか。

これは、仕事だ。

心の深淵に潜む感情は、なんなのかと分析しかけて、ばかな、とその部分を押さえ込む。

小山内はタオル類をしまい込んでいる引き出しに向かい、バスタオルを引っ張り出して風呂場で待つ恭巳に渡してやった。

「服は着ないで出ておいで。怪我の程度を俺にも確かめさせてくれ」

「うん」

そのときは他意なく頷いたのだろうが、腰にバスタオルを巻いて出てきた恭巳は、ほんのり耳朶を赤くしていた。恭巳に言われて小山内が買った救急箱と、下着とパジャマが、小山内の横に置いてあるのを横目に見ながら近づいてくる。

「そこ、座って。足が痛いなら、投げ出していいから」

小山内は極力事務的な言葉と態度に終始しようとした。

「痛むか？」

腕をそっと持ち上げて、ベロンと皮が剥けてしまった肘をしげしげと見る。ガーゼを当ててテープで止めながら尋ねた。

「うん。ズキズキする」

「骨に異常はなさそうだな」

軽く屈伸させて、骨折していないことを確かめる。

「それは大丈夫みたい」

「足は？」

ジーンズが裂けるほどの衝撃だ。肘と同じく痛々しい傷口が膝全体に広がっている。まだジクジクと血が滲んでいるので、パジャマを着たときに血が付かないように、肘と同じようにガーゼを止めつける。腿を持ち上げるようにして傷口にテープを止めていた小山内は、そわそわと落ち着かないようすの恭巳に「ん？」と頭を上げた。

風呂から出てきたときの彼は、ほんのり耳朶を赤くしていただけだったのに、今は顔全体が熱でもあるかのように赤らんでいる。足を掴まれているのでバランスを取るために一方の腕を後ろに突いているのだが、もう一方の腕は、今にもはだけそうなバスタオルの合わせ目をしきりに掻き合わせていた。

「恭巳？」

訝しげな響きを帯びた声で名前を呼ぶと、なぜか急に怒ったように口をへの字に曲げて小山内を睨んでくる。

「下着、穿いてないんだよ！　服を着るなって言うから……。そんなに捲り上げられたら、見えそうで恥ずかしいじゃないか」

凄い剣幕で言いながら、照れ隠しなのか、足で小山内を蹴ろうとする。

「おっと」

恭巳のキックを反射的に小山内が避けると、弾みでひっくり返り、バスタオルも捲れ上がってしまった。

「わあっ！」

慌てまくった恭巳が、解けてあられもない格好になった腰回りを隠そうと焦るものだから、なんとか前は押さえても背中から腰へのなだらかなラインが丸見えになった。しかも傷ついたほうの肘を思わずついてしまい、「痛っ」と悲鳴をあげて蹲ってしまうと、つるんとした尻までが小山内の前に晒される。

「大丈夫か、恭巳」

「いやだ、見るな、見るなってば」

「と、言われてもなあ。すでに一度見てるしなあ。別に珍しいものじゃないだろ」

にやにやしながら、後ろから手を回すようにして、グチャグチャになったバスタオルを引っ張り出して広げてやった。

「俺のより幾分小ぶりのようだが、なかなかどうして立派なモチモノじゃないか」

軽くからかうように言うと、悔しそうにきつい表情で見上げてくるその顔に、身体の奥が反応する。小山内の胸の中で、密かな警報が鳴った。

「あんたの目が、いやらしいんだよ！」

「いやらしいって……」

あまりの言われように呆れながらも、つい視線は舐めるように、剥き出しの肩から胸、背中のラインへと流れていった。

「綺麗な身体をしている」というのが、その感想だった。健康的な筋肉がついている恭巳の身体は、決して女性的な柔らかさはない。どちらかというと掌に余るような豊かな胸が好みの小山内からすれば、平坦な胸にほんの飾りほどについている淡い色合いの乳首は問題外のはずだが、なぜか手が伸びていた。

「何、すんだよ！」

ささやかな乳首を摘まれて、ギャッと悲鳴を上げた恭巳が、素晴らしい反射神経でその手を叩き落とした。

「触るな、触るなってば！」

ギャンギャン喚き、手を振り回して暴れる恭巳に、「ま、当然だろうな」と苦笑しながら隙を見てさっと胸の中に抱え込んでしまった。

無意識のうちに、こういうアプローチで恭巳を懐柔しようと考えていたのだと自分に思い込ませることで、さっき動揺をもたらした感情など存在していなかったと小山内は自分自身を納

得させた。それにしてもこうして抱いていても違和感のない身体だ。男とか女とかの枠を取っ払って、すんなり腕に馴染む。小山内は、なんの抵抗もなく、男である恭巳の恋人役を演じ始めた。


「これだけ元気なら、身体の方は大丈夫だな」

「な、放せ！」

後ろからやんわりと抱き込まれて、両腕が動かせない。胸元で合わさった小山内の腕を指で掻きむしろうとしたが、その前に聞こえてきた言葉に動けなくなった。

「無事でよかったよ。傷ついた君を見たときは、心臓が止まるかと思った」

耳に吐息がかかる至近距離で、まるで恋人を口説くような甘い声で囁かれる。湿った息と、言われた内容に思わず背筋を震わせていた。そのゾクゾクはあらぬところに熱を広げていき、恭巳は居心地の悪さに身を捩った。

「断っておくが、俺にはそっちの気《け》はまったくない」

妙に平静に告げられた言葉が、恭巳の抗う気力を削いでしまう。

「だけど、君にだけは、そんな衝動を覚えてしまうんだ。その柔らかな唇に、キスしたいとか。抱きたい、触りたい、なんて……」

と言われ続けても、さっきのように抵抗する気にはならなかった。そっと呟かれた言葉の、その「特別」というニュアンスが、恭巳の琴線に触れたせいかもしれない。

だけど、男同士で……男同士なのに、と同じことばかりが頭の中でグルグルして。

身体を硬くしてじっとしている恭巳を、小山内はそのまましばらく抱き締めていた。

「……恭巳」

その姿勢のまま掠れた低い声でもう一度名前を呼ばれて、言葉の先を期待してしまった恭巳を責められないはずだ。もしかしたら、有無を言わさず求められてしまうのか。あの形のよい唇がもう一度自分のそれに重なってくるのか。微妙に揺れる心は、そんなのは困ると思いつつ、一方で期待に震えていた。

「明日からひと月、家政夫のバイトをしないか？」

「は……？」

首を傾げてしまったのは、期待していたのとあまりにもかけ離れた言葉に、意味がしばらく理解できなかったせいだ。

「貯金、ないよな？」

「ない、けど」

現実的な質問に答えた弾みで我に返った。自分の恰好を自覚した途端に全身が真っ赤になる。腰のあたりにはかろうじてバスタオルが巻かれているものの、あとは素っ裸で、男の広い胸に抱き締められて、安心して凭れ掛かっている。そして自分が期待していたことといったら……。

余計に羞恥が込み上げてきて、恭巳は激しく暴れた。

急に離れようとしだした彼を、小山内はあっさり放してしまう。だからこれもきっと冗談のうちで、その気になりかけた自分は大ばか者で。

恭巳は小山内を、睨みつけた。

「元気がよくて何よりだ。しかし着替えないとさすがに風邪をひく」

からかいながら、揃えておいた着替え一式を彼の方に押しやった。それを掴んだまま、まだこちらを睨んでいる恭巳に、

「コーヒーでも淹れてこよう。それともビールがいいか?」

と立ち上がる。ビールよりコーヒーのほうが時間がかかるだろうと考えた恭巳が、コーヒーを選ぶと、その意図を察した小山内が苦笑する。

流しに向いて立った小山内からは、恭巳の姿は見えないはずだ。パッとバスタオルを落として下着に足を突っ込み、まるで遅刻寸前のときのように慌てまくってパジャマを着込んだ。ようやく肌が隠れて、ほっとしながらボタンを留めていると「早いな」と呆れたように言いながら小山内がコーヒーを淹れたカップを両手に持って戻ってきた。

「あんたこそ」

下からじとっと見上げる視線には、乾いた笑い声が返ってきた。

「インスタントのコーヒーを淹れるくらいで、そんなに時間はかからない。それより、髪が濡れているぞ」

直に畳にカップをおいてから、小山内が落ちていたバスタオルを拾い上げた。そのまま身体を乗り出してくるので、恭巳は反射的に仰け反って逃れようとした。

「過敏だな。そんなところを見せられると、かえって期待されているのかと邪推してしまう」

「誰が、き、き、」

「キスしたいなら、喜んで」

「違うっ！」

「いや、ほんとに君は」

あとは小山内の爆笑で、言葉は途切れてしまった。

「乾かしてあげようと思っただけなのになあ」

笑いを納めほっと息をついて、小山内が恭巳を招く。

「自分でする」

手の届かない距離で、腕を突き出してタオルを要求する。

「届かないよ」

「投げてくれれば、届く」

漫才みたいな押し問答のあとで、恭巳は小山内が投げたタオルをキャッチして、チラチラと彼を警戒しながら頭を擦り立てた。

「ハリネズミか、怒ったヤマアラシみたいだな」

ポツリと漏らされた感想に、ムッとした恭巳が噛みつく。

「怒らせているのは誰だよ！」

「さあねえ、俺は給料を取られた上に怪我をして、意気消沈して帰ってきた恭巳を励まそうとしただけなんだが」

「はあ？」

「泣かれたときには、まいったからな。凶悪に庇護欲を刺激されて、もうどうしようかと思ったね。落ち着いたようで何よりだ」

そんなオチなのか？ ほんとに？ オレが過剰反応しただけ？

「今の、全部冗談？ キ、キスしたい、とか。オレを、抱きたい、とか」

「それは、ほんと」

きっぱり言われて、今度こそ絶句した。

「違和感、ないんだ。でもま、安心してくれ。見境なくがっつくほど野蛮じゃないから」

複雑な表情で固まってしまった恭巳の心情は、

——いきなり飛びかかられるのは困る、でも、ほかにはけ口があるから飢えていないと聞くのも悔しい。そして、小山内は笑いながら悠々とコーヒーを飲んでいるのに、言葉ひとつで翻弄されている自分はもっと悔しい。

「で、最初の話に戻るが、ひと月、食費は俺が持つから食事の世話をしてくれないか？」

「えっ？」

と恭巳が顔を上げる。

「だって、それはこれまでもしていたことで……」

「今度は毎日、ワリカンなしで」

ひとの好意を受け入れるのは難しい。頼るしかないとわかっているときは特に。こんな羽目に陥った自分を情けなく感じて。

「……でも、親に電話したらひと月分くらい」

「いやなのか？」

「いやって言うか、だってあんただって、余裕ないのに」

「困ったときはお互い様。というより、甘えろよ、俺に」

唇の端を少し吊り上げるようにして、ニヤッと笑いながら言われた。色悪めいた顔に、惹きつけられる。

「もし嫌だというなら、これから実力行使だな。俺は間違いなく君に勃つし、ここで恋人同士になれば、援助しても、負担に感じることも恩義を感じることもないだろう？」

勝手な言い分に恭巳が絶句していると、不意に携帯が鳴り出して、プツンと緊張が途切れた。

着メロは、実家に指定したおいた曲だったので、慌てて携帯を探す。持って出るのを忘れたそれは、テレビの側に置いてあった。小山内がため息をつくのを横目で見ながら、わたわたと着信ボタンを押す。

「兄ちゃん！　何やってんだよ！」

もしもしと言うなりいきなり怒鳴られて、恭巳はうわっと耳を押さえて携帯を遠ざけた。きーんと耳鳴りがする。がなり立てているのは、弟の克巳だ。ウワンウワン響くばかりで何を言っているのかさっぱりわからない。

「克巳、克巳、もっと小さな声で」

少し耳から離したままで、受話器に向かって叫ぶ。そうしないと、興奮している相手に届きそうにない。

冷めてしまったコーヒーを飲もうとしていた小山内が、緊急事態らしいようすに顔を上げた。恭巳をじっと見ながら、一度切れ、と唇だけで話しかける。頷いて、電話を切る。それから短縮ボタンを押そうとして、夥《おびただ》しい数の不在着信に気がついた。昼を過ぎた頃から、何度も何度も入っている。全部実家からで、一体何事かと恭巳の顔が青ざめた。

震える指で短縮を押し、不安で胸を震わせながら繋がるのを待った。

「あ、兄さん？」

出たのは妹の琴美だった。上擦った声で、それでも懸命に落ち着こうとしている。克巳がパニクっていたので無理やり受話器を取ったのだろう。もともと琴美のほうがしっかりした性格をしているのだ。

「ごめん。今日、携帯を持って出るのを忘れたんだ。今不在着信に気がついたよ。琴美、何があったんだ？」

「お父さんが、入院したの」

「え!?」

琴美の言葉を聞くなり、恭巳は絶句する。この間具合が悪くて早退した、という父の言葉を唐突に思い出した。

「父さん、どこが悪くて？」

まったく考えてもいなかったことなので、声が震えた。

「心筋梗塞だって」

「……まさか！」

最悪のシナリオが胸を掠めて、思わず携帯を取り落としそうになった。それを、いつの間にか側に来ていた小山内が手を添えて支えてくれる。

「そ、それで……」

へなへなと力が抜けて、小山内の身体に凭れ掛かってしまう。こんな非常事態に、受け止めてくれる揺るぎない存在が側にいることがつくづくありがたかった。

「大丈夫。危険な状態は抜けたから。でも、一時はほんとに危なくて。兄さんに連絡取ろうと必死だったのよ」

「ほんとに、ごめん」

なんで今日に限って携帯を忘れたのか。そして、給料を盗まれ怪我をして。踏んだり蹴ったりだった一日を思い出すと、気持ちがズドーンと落ち込んだ。

「兄ちゃん、帰ってくるよね！」

琴美を押し退けたのか、突然克巳の声がした。

「さっきは興奮していて、ちゃんと話せなくて悪かったよ。でも、帰るよね」

「母さんは？」

「父さんに付き添ってる。だから今ふたりきりなんだ。今夜はもう無理だろうから、明日の朝一番で。ね、帰ってきて、兄ちゃん。おれもう、どうしたらいいのか」

「何、泣き言言ってんのよ、ちょっと貸して」という気丈な声がして、また琴美に替わった。

「無理しなくていいってお母さんが言ってた。集中治療室だから、来ても会えないだろうし。容体は落ち着いていて、あとは養生するだけだからって」

「そうか。わかった。どうするか、明日もう一度電話する」

また兄妹が争う声が聞こえて、こちらが何か言う前に、プツッと切れてしまった。きっと琴美が気を利かせたのだろう。

切れたままの受話器を握り締めて、しばらく恭巳は茫然としていた。その手を小山内が、優しく包んでいることにも気がつかないままで。

「たいへんだったね」

しばらく経ってから、そっと耳元で囁かれ、まるで呪縛が解けたかのように恭巳はブルッと身体を震わせた。手だけでなく背中も小山内の温もりに包まれている。ようやく自分の体勢に意識が向いてみると、畳に座り込んだ小山内にすっぽり抱き込まれて、安心したようにその胸に凭れていた。

「あ、ごめん、小山内さん」

急いで身体を起こそうとすると、そっと押し留められた。

「そのままで。こうしていたほうが、落ち着いて考えられるだろう?」

甘えちゃいけないと思う半面、支えてくれる腕があることが救いだった。自分ひとりなら、続けざまに我が身に降りかかってきた不運に打ちのめされて、右往左往するばかりだったろう。バイト代を盗られた恭巳には、手元に僅かな金しか残っていない。それだけでもきっとパニックになっていたはずだ。

「どうしたらいいと思う?」

無理しなくていいと言った母親の言葉を考える。生活費をバイトでまかなっている恭巳には、もともと余裕なんかない。予期せぬ出費が無理なら、という意味なのだろう。実のところ、もらったバイト代が手元にあってさえ、往復の旅費を出すのはかなり難しいことだったと思う。

背中を預けた胸は、がっしりとして頼りがいがあり、つい悩んだままを口にしてしまう。

「行ってあげなさい。君は長男なんだろう。弟さんも妹さんも、きっと心細いに違いないし、お母さんだって君の顔を見れば力強く思われるはずだ」

「でも、お金が」

「頼ってくれるんだろう？　さもなきゃ実力行使だぞ」

「そ、それは、食費のことで」

「それもこれも結局は同じ。それとも手っ取り早く既成事実を作るか？」

思わせぶりに抱え込んでいた腕が動き出し、胸をさわさわと撫でられる。

「ちょ……っ」

慌てて小山内の指を掴んで動けなくした。こんな場合なのに、へんなふうに身体が熱くなる。自分がところかまわず発情する淫乱なのか、それとも小山内がうますぎるのがいけないのか。

結局、有無を言わさぬ小山内の口調に押し切られた。言い方は冗談っぽいのに、じっとこちらを見据える瞳が本気の光をちらつかせていて、怖い。嫌だと言ったら、ほんとにこの場で押し倒されそうな危機感を覚える。そしてそれを、自分は喜々として受け入れてしまいそうで。

想像しただけで、「勘弁してくれ」と思わずバスタオルで顔を隠してしまった。何を考えて熱が上がったかなんて、経験豊富そうな小山内にはきっと見抜かれているだろうと思うと、一度隠した顔が上げられない。

ポンと優しく頭を撫でられて、

「今日は疲れただろう。もう寝なさい。実家には、駅へ行く途中で電話すればいいから」

小山内が立ち上がる気配がした。おそるおそる顔を上げると、穏やかな色を浮かべた優しい瞳が待っていた。

「お父さんは無事だったんだ。それだけはもう心配しなくてもいい。よかったな」

「……うん」

こんな顔の小山内には、恭巳も素直になれる。

「朝起きたら、身支度して俺の部屋においで」

言い残して小山内が出て行くのを見送ってから、隅に片付けておいた折り畳みベッドを引っ張り出した。布団を広げて転がり込む。

慌ただしかった不運な一日のことを考えているつもりだったのに、いつの間にか思考がフワフワと漂って不埒な方向へ逸れていく。グルグルする頭を掠めるのは、抱き締められた小山内の腕の強さであり、密着したときに高鳴った自分の鼓動の早さであり、そして湧き上がる甘いときめきだった。

波立つ心にきっと眠れないと思っていたのに、ストンと意識が途切れてしまった。カーテンの隙間から淡い光を届かせる月光にぼんやり浮かび上がった恭巳は、唇をうっすら開けて静かな寝息をたてていた。

自室に戻ると、すでに周防が待ち受けていた。眉間に皺を寄せ、ひと言も声をかけずに顎をしゃくる。周防は文句も言わずに、その場にきちんと正座した。

「まずは、なぜ彼が怪我をしたのかだ」

「実行した連中から話を聞いてきました。手違いがあったそうです。ひったくったとき、青木さんが奪われまいとバッグに飛びつかれたらしく、バランスを崩してしまったと」

「理由にならない。その可能性も入れて計画は立てるべきだろう」

「もちろんです。ですから直ちに彼らはこの仕事から外しました」

小山内の言葉に頷いて、メンバーの入れ替えを行ったことを報告してから、周防は手に入れた給料袋と財布を差し出した。

「これらはどう処分しますか？」

「そっちで預かっておいてくれ。この部屋は、これまでよりもっと、恭巳の出入りが多くなるだろうから、目に触れてはまずい」

「承知しました」

「それと、彼の実家の状況を大至急調査させてくれ」

「何か、ありましたか？」

「父親が倒れたそうだ。明日恭巳に付き添って病院まで行ってくる。切符の手配も」

「はい。さっそく」

失礼します、と言い置いて立ち上がった周防を、まだ怒りの覚めやらぬ目で見送って、小山内は壁越しに隣の部屋を窺った。薄い壁は、どうかすると話し声まで伝わってくることがある。部屋に戻ったとき、ベッドを引き動かす音がしていたが、あとはひっそりと静まり返っている。そのまま眠ってしまったのだろう。

ひったくられたときの恐怖を夢で見なければいいが。

ふとそんなことを思い、ついでに同じ部屋で寝てやればよかったかと、チラリと後悔が胸を掠めた。そう考えるのも自分の役のうち、と小山内の中では折り合いがついている。どれだけ甘やかしてもいいのだ、と思うとなぜか楽しくて、不思議に心が浮き立っていた。


朝日が差し込む気配で目がパッチリ覚めた。

しばらくベッドの上でボーッとしていたら、小さなノックの音と一緒にコーヒーの香りが漂ってきた。視線を動かすと、小山内が入ってくるのが見えた。一方の手にマグカップを握っている。

「起きたか？」

家事はできないという小山内も、さすがにコーヒーだけは淹れられる。起き上がって、小山内の差し出したコーヒーを受け取った。

「なかなか来ないからようすを見に来たんだ。支度ができたら出かけよう」

「え？」

と見上げると、小山内はパリッとしたスーツ姿だ。

「なんで？」

「恭巳が心配だから、一緒に行くよ」

「はあ？」

飲みかけのコーヒーを、早く飲めと急かされて、火傷しそうになった。そんなに急ぐなら、コーヒーなんか飲ませなければいいのに、などと考える間もなく追い立てられて、バタバタと服を着替え、顔を洗う。

気忙しく支度している恭巳の側で、時計を見ていた小山内が、チッと舌打ちし、携帯でタクシーを呼んでいるのを聞いて、思わず手が止まった。

「何をしているんだ。急がないと間に合わないぞ」

「間に合わないって、何に？」

「新幹線を予約してあるんだ」

「なんで……」

「とにかく話はあとだ。急いで」

そうして急がされてアパートを出、すでに来て待っていたタクシーに慌ただしく乗り込んだ。駅に着いてからも走るように改札を抜けホームに駆け込んだ。手近のドアから乗り込んだ途端に発車のベルが鳴ったところをみると、本当にギリギリだったのだろう。息を切らしている恭巳を促して小山内が向かったのは、グリーン車だった。

ゆったりした間隔で並んでいる座り心地のいい椅子。隣同士に並んで腰を下ろし、恭巳は唖然としながらも周囲を見回す。グリーン車なんて初めての経験だ。

「小山内さん、オレ、自由席でよかったのに」

「この新幹線は自由席も指定席もいっぱいだ。乗るときに並んでいたひとの列を見ただろう?」

恭巳は首を傾げる。急き立てられて、腕を引かれるままに走っていたものだから、周囲の状況を見た記憶なんてない。だが。

「グリーン車って、高いんだよね。しかもふたり分」

思わず小声で確認してしまう。

チラリと見た小山内は、会社員時代のものだろう、ピシッと着込んだスーツが様になっている。それに比べて自分はなんの変哲もないシャツにジーンズ。別にグリーン車に乗るからといって服装の制限はないだろうが、どうも気が引ける。

「心配するな。考えてもごらん。俺は大学生活が送れるくらいの貯金を持っているんだぞ。倹約はしているが、不自由するほどじゃない」

時間が早いので、あちこちで朝食の弁当を広げる気配がしていた。

「次の停車駅で、弁当が届くことになっている」

おなかが空いたな、と一瞬思ったのを察したかのように、小山内が笑った。

「いつの間に、そんな手配……」

「今はパソコンや携帯という、便利な機械があるからな」

「オレ、そこまで使っていないや」

「大学を出て社会に出れば、それくらい当たり前だぞ。列車や飛行機の予約、旅館の手配、最低これくらいはできるようになっておかなくては」

携帯があれば普通の電話はなくていいと、アパートに電話は引いてない。これだけが頼りだからとけっこう使っていたつもりだったが、考えてみれば連絡し合う以外で利用することはほとんどなかった。

自分の実家に帰るのに、全部お任せで手配してもらって、なんとなく申し訳ない気がする。

しかし、助かったのは事実だ。金銭的なこともあるが、ひったくりにあって動揺していた上に、父が倒れたとあって、大丈夫だと聞かされていても気は動転している。そのまま駅に駆けつけて、乗れないままおろおろする自分が簡単に想像できてしまう。

途中で家に電話すると、琴美が出たので、直接病院に行くからと話をした。家は市の外れにあるから、一度帰宅してまた出かけるとかなり時間のロスになるのだ。すると琴美も、克巳と一緒に病院に行っていると言う。学校は、と思わず尋ねてしまった。

「今日は土曜日よ」

冷たく返されて、曜日の感覚も吹っ飛んでいたことに気がついて苦笑いした。電話を切ったあとで、恭巳は吐息を漏らしながら座席に凭れ掛かった。

「少し、休んでいなさい」

肩を抱かれ引き寄せられる。コトンと頭を凭せ掛けてから、ここがどこであるかを思い出して慌てて背筋を伸ばそうとすると、「いいから、目を閉じて」と笑われた。

「眠っていれば、誰もおかしいとは思わないよ」

言われるままに身体の力を抜いた。

新幹線を『のぞみ』から『こだま』に乗り換え、さらに在来線を使ってようやく辿り着く。駅前には高層ビルもあるが、それを抜けると純然たる田舎の景色が広がっている。海岸沿いに行くとコンビナート群もあるから、そこそこ繁栄はしているところだが、街と呼ぶにはやや辺《へん》鄙《ぴ》な市だ。

ここでもタクシーを拾った小山内が恭巳を連れて行ったのは、市内でも高級な部類に入るホテルで、唖然としている間に部屋に通された。フロントに頼んで用意してもらった消毒薬やガーゼなどで、昨日からそのままだった肘と膝を手当てされ、「ここで待っているから」と送り出された。

「なんか、さすがに一度は会社員やってたひとだな」

タクシーに押し込まれて、病院に運ばれる間に、恭巳がしみじみと思ったことだ。てきぱきと手配できてしかもそつがない。小山内がいなければ、自分はまだここに辿り着いてもいないだろう。

集中治療室にいた父親とは話はできなかったが、身内だということで中には入れてもらえた。あちこちを管に繋がれた痛々しい姿を見るだけで、涙が出そうになった。意識はちゃんとある父親の手をそっと握り、その温みに思わず感謝する。ひとつ間違えば、この温かさが失われていたかもしれないのだ。

呼吸器をつけられたままの父親との意思疎通は、目配せと握った手に籠める力の強弱でしかなかったが、慈愛の籠った視線を向けられるだけで、生きていてくれてよかったと、胸が震える。「時間です」と促されて、名残惜しげに振り返りながら集中治療室を出る恭巳を、父親は最後までじっと見つめていてくれた。

談話室で、げっそりと窶《やつ》れたような母親と、弟妹が待っていた。テレビを見ている何人かの入院患者を避けるように端の方の椅子に腰を下ろし、父親が倒れた経緯を聞いた。

「会社から救急車で運ばれて、ちょうど心臓外科の専門の先生が勤務当番だったおかげで、助かったのよ」

母親が伸ばした手を、恭巳はしっかり握り締めた。皺が増え、年相応に骨張ってきている手だった。

「ちょっと入院は長くなるかもしれないけれど、あちこち詰まっている血管も綺麗に掃除しましょうって言われたの」

母親が疲れたような表情で話した。

「この間から、お父さん、時々胸を押さえていたし。身体が辛そうだった」

琴美がうちひしがれたような声で続ける。そのときに気づいてあげられなかった自分を責めているのだろう。しかし、それを聞いた克巳が怒ったように、

「わかっていたんなら、父さんに病院に行くように言えばよかったんだ」

と突っかかると、琴美もムッとしたように言い返した。

「お父さんが、あたしの言うことなんか聞くわけないでしょ」

「克巳、琴美、シッ。ここは病院だぞ」

恭巳が窘めると、ふたりとも唇を噛んで黙り込んだ。

「でも、よかったよ。治るってわかって」

「ほんとにねえ」

母親がほろっと涙を零し、照れくさそうに慌てて目元を拭っている。

「まあ、みんなにはしばらく不自由をかけるかもしれないけれど」

「大丈夫よ。家のことはわたしができるし、お母さんは仕事と看病とに、頑張って」

琴美が励ますように母親を覗き込んで言う。

「俺だって、早く帰って手伝うよ」

克巳が負けずに申し出る。

「ありがと。ごめんね、ふたりとも。それから恭巳。忙しいのに帰ってきてくれてありがとう。あなたの顔を見るだけで、なんかお母さん安心しちゃった」

「オレこそ。なんの役にも立たなくて」

「ううん、あなたに一番迷惑をかけると思うの」

「え？」

ひそっと言われて恭巳が首を傾げると、母親はさりげなく視線を逸らした。

「あとで、話すわね」

そのあとは、もう少し病院に残るという母親を残して、皆で家に帰ることになった。母親にしてもずっと仕事を休むわけにはいかず、明日から出社するから今夜は遅くなっても帰宅するという。病院は完全看護なので日常の世話はいらないが、しばらくは病院と仕事と家と、母親にとっては忙しい日々が続くだろう。

バスに揺られて久しぶりの実家に戻ったのは、もう午後も遅い時間だった。今夜は泊まるんでしょうと言われて、ホテルに待たせたままの小山内を思う。だがこんな状態の弟妹を置いてホテルに行くことはとてもできない。

「そうだな。明日は帰らなくちゃいけないけれど。母さんもあとで帰ってくることだし。晩ご飯はオレが作ろう。琴美もこれからしばらくは家のこと頼むな」

「うん」

「兄ちゃん、おれだって頑張る」

克巳が胸を張って言うので、そろそろ目線が追いついてきたその頭をグリグリと撫でてやった。

「父さんがいない間は、おまえがたったひとりの男手だからな。当てにしているぞ」

ことさら妹に張り合おうとする克巳のプライドも、優しく認めてやる。

食事の支度ができるまでの間に宿題を済ませておいでとふたりを部屋に行かせ、食材を揃えながら携帯で小山内に連絡を取った。父の容態を簡単に報告したあとで、今夜はこちらに泊まることを告げた。

「ああ、それが一番だ。当分みんながたいへんになるだろうから、家族水入らずで力を蓄えておいで」

「……たいへんなのは、オレじゃないよ。こっちにいるみんなだから、なんか後ろめたくて」

「今はまだ考えられないのかもしれないが、恭巳もかなり苦労することになると思うぞ」

「何？　それ」

意味がわからなくて、大げさだなあと苦笑する。

「わからなければいい。ところで明日、帰る時間が決まったら電話してくれ。駅前で落ち合えるよう、ホテルをチェックアウトするから」

「わかった。それじゃあ」

パタンと携帯を閉じて、ほっと息を吐く。自分が帰ってきて、元気づけられたと母親も弟妹たちも言うけれど、しゃんとしていられるのは、小山内がそこにいるからだとわかっていた。

そろそろ、彼が自分にとってどんな存在なのか、正直になるときなのかもしれない。

「それはそれで、今度は家族を泣かせることになるかもしれないなあ」

思わず天を見上げてしまった。

夕食を済ませて、風呂にも入らせて、久しぶりに兄がいることでハイテンションな弟妹たちをようやくベッドに追いやった頃、母親が帰ってきた。食事を温めて出してやると「悪いわね」と言いながら箸を取る。その疲れたようすに、昨日からの心労を窺い見て、離れたところにいる自分がなんの役にも立たないのだと思い知らされる。やりたいことがあって家を出たのだが、こんなときは、県内の大学に進学したほうがよかったのかと、つい考えてしまう。

食後のお茶を啜りながら、何か言いたそうに恭巳を見ては話し出せずにいる母親に、

「どうしたの？　父さんのこと？」

こちらから話を切り出した。そういえば、病院でも「一番迷惑をかける」と言っていたが。

気まずそうに俯いた母から聞かされたのは、次々に起きた不運な出来事の最後の仕上げのよ

うなもので、恭巳はただ愕然とするばかりだった。

「そうか、後期の授業料、無理なのか」

予想してもよかったはずだ。倒れた時期が時期だから、ボーナスは当然入らない。小さな会社だから休めば給料もなくなるし、社会保険からいくらか出るのも、入院費で消えていくだろう。

「卒業までのぎりぎりの最後だから、なんとかしたいとさんざん考えたのだけれど」

「いいよ、それはこっちで考える。大丈夫、ここまで来たのだから、ちゃんと大学も卒業するし」

「就職の方は？　どこか内定もらったの？」

心配そうに尋ねられて、これにも恭巳は笑顔を返した。

「内定はまだだけど、感触がいいところが何社かあるから」

笑顔の下で、生活費を自分で稼いでいるからと一人前の顔をしながら、その実まだ親に甘えていた自分を悟る。親の援助がなければ、とうていここまでやってこられなかったんだと。これからどうすればいいのか、と暗澹《あんたん》たる思いを、すべて笑顔で隠し通した。父親が助かったことを思えば、あとはどれも些細なことだ、と強く自分に言い聞かす。

翌朝、もう一度病院を見舞ってから、恭巳は帰路についた。駅まで見送るという弟妹たちを、なんとか帰宅するよう言い聞かせて、小山内に連絡を取って待ち合わせた。

待合室の固い椅子に腰掛けながら、虚ろな視線を彷徨《さまよ》わせていた恭巳は、周囲がザワッと揺れるのに気がついて顔を上げた。人通りの多い交差点を横切って、小山内が近づいてくる。こんな田舎町には似合わない洗練された容姿に、周囲の視線が集中している。小山内の際だった存在感に、恭巳も目を奪われた。

「ごめん、待たせたね」

爽やかに笑う小山内を、恭巳はぼんやりと見上げた。言いたいことが喉元まで込み上げていたが、「いや」と首を振って飲み込んでしまう。自分の事情にこれ以上小山内を巻き込んではだめだ。世話をしたりされたりの隣人関係を、今でも踏み越えているという自覚はある。

僅かに視線を逸らして立ち上がった恭巳の態度の不自然さに、小山内はすぐに気がついたようだが、その場では何も言わず、連れ立って改札を抜けた。

在来線で最寄りの新幹線の駅まで行き、来たときとは反対に、『こだま』から『のぞみ』と乗りついで、夕方近くにようやく帰り着いた。口数の少ない恭巳を気遣って、小山内も無理に話しかけようとはせず、しかし、部屋の前で礼を言って別れようとした恭巳の腕を強引に掴んで一緒に中に入ってきた。

「お節介をした自覚はあるが、ここまで嫌がられるほどのこととは思えないのだが？」

少し皮肉っぽく言う小山内には、やや意地悪ムードが漂っている。こういうときは要注意なのだ。たぶん恭巳のよそよそしい態度が気に入らないのだろうが、ここで馴れ合っていっそう小山内に迷惑をかけてしまうのは、恭巳だって本意ではない。意地を張り通そうと唇を噛んで背けた顔を引き戻されて、覗き込まれる。

「恭巳？」

「ちょっと疲れているだけだよ。明日になれば、元気になるから」

じっと見つめる小山内から視線を逸らしたまま、早口に言い訳する。掴まれた肩のあたりからじんわり相手の体温が染み込んでくるのを意識すまいと「放して」と訴える。

「恭巳、お母さんから何か言われたんじゃないか？」

「……っ、どうしてそれ！」

弾かれたように目を向けると、待ち受けていた小山内の瞳に囚われた。

「あ……」

胸の奥がズキンと疼いた。正面から視線を搦め捕られて、逸らすことができない。その瞳から放たれる強烈な意志の力に引き込まれる。小山内の前で、強く保とうとしていた自我が、突き崩されていく。

「話してごらん」

恭巳が降服したと見て取った途端、小山内の眼差しが柔らかく凪いだ。優しい仕草で、そっと頬を撫でられる。

「恭巳……？」

「…もともと、うち、経済的に余裕がなくて、それでもなんとか学費は払ってもらっていたんだけれど、父さんが入院したから、後期の学費はたぶん無理だって」

「やはり、そうか」

やはり、と言われて、恭巳は目をしばたたいた。

「知ってた……の？」

「たいがい想像はつくさ。それを君が隠そうとしたのがムカつくけどな」

顎を持ち上げていた指が離れていく。思わず目でその指を追っていた。ずっと触れていてほしかったと言わんばかりの仕草に、小山内がフッと微笑するが、恭巳自身はそんな自分に気がついていなかった。一度離れた指は、クシャクシャと頭を撫でてから、すっと背中に回された。肩にあったもう一方の手も滑るように背中に動き、あっと思ったら強く抱き寄せられていた。

「頼って欲しいと願っても、なかなか思いどおりにはいかないもんだなあ」

小山内の鎖骨のあたりに頬が当たっている。耳には、ゆったり脈打っている小山内の心臓の鼓動が直に響いてきた。ひとの心音は、母親の胎内で聞いたそれと同じリズムを持っているから気持ちが落ち着くのだと、何かで読んだことがある。たいへんだった二日間のあとで、考えなければいけないことはたくさんあるのに、こうしているだけで安心してフッと目を閉じてしまいたくなる。

「小山内さん……」

「俺の部屋に越してこいよ。こっちは解約して」

「え？」

「生活費をひとつにしたら、だいぶ浮くだろう。食費は俺が出すから、バイト代を学費に回せば、これから夏休みもあるしなんとかなるんじゃないか？　それでも足らなければ、とりあえず俺の貯金から貸してやるよ」

「そんな、そこまでしてもらえない」

慌てて顔を上げようとしたが、強い指に頭を押さえられ、叶わなかった。

「したいんだよ、俺が」

深みを帯びた声が、頭上から降ってきた。恭巳はブルッと身体を震わせる。どうしても小山内の顔が見たかった。押さえられていた頭を無理に振り解いて、視線を上げる。小山内の目を見ながら、震える声で尋ねた。

「……なんで、そこまで」

「なんでだろうなあ」

精一杯勇気を振り絞って尋ねたつもりだったのに、とぼけたような返事を返されて、胸の奥がズキッと痛んだ。無意識のうちに別の言葉を期待していたせいだ。眉を顰めて苦痛の表情を浮かべる恭巳に、小山内が思ったとおりの反応だとにやりと笑う。

「ウソだよ。答えなんか、決まっているじゃないか」

そして、突然真剣な顔になって、

「恭巳が、好きだから」

はっきり伝わるように、途中で言葉を切りながら、小山内がその言葉を告げた。

「小山内……さん」

言葉の持つ甘やかな響きが、ゆっくりと染み込んでくる。

「恭巳は？　と聞くまでもないな。こんな顔して、俺が嫌いなはずはない」

自信満々の表情になんだかムッとしてしまう。

「どんな顔をしてるっていうんだよ」

思わず言い返すと、小山内が、尖らせた唇に素早くキスをした。

「キスして、って顔だよ」

バッと反射的に自分の唇を押さえた恭巳は、真っ赤になって小山内を睨みつける。

「そんな顔、してない……」

押さえた指の下でもごもごと抗議するが、小山内は笑うばかりだ。

「今度は押し倒してくださいって顔だな」

違うと、首が痛くなるくらい振っているうちにクラッと来た。あまり激しく振りすぎて目が回ったらしい。

「おっと」

と支えてくれた小山内にぐったり身体を預けると、そのまま仰向けに押し倒されてしまった。頭と背中を支えられていたせいで、畳にぶつかることはなかったが、被さってきた小山内の重さに、思わず呻いてしまう。

好きだと言われて、キスもされたら、その後は当然こういう流れになるのだろう。嫌だとは思わないが、未知の出来事に不安な瞳を瞬かせる。見上げた小山内は、真剣な眼差しで、じっとこちらを見つめている。

「……するんだ」

カラカラに渇いた喉から、ようやく声を押し出した。その不安に満ちた声に、フッと小山内が笑う。

「前に予行練習はしておいたから、大丈夫だろう？」

「予行……って」

言い方は気に入らなかったが、近づいてきた唇を拒むことはしなかった。

「ん……」

最初は軽く、啄むように。何度も角度を変えて、次第にしっとりと。唇の隙間に差し込まれた小山内の舌で、そのままこじ開けられて、歯列を明け渡す。

「ふ……んっ」

慣れたキスだった。ままごとみたいなキスしか知らない恭巳は、すぐに身体を熱くされてしまい、もぞもぞと身体を捩らせる。悔しいと思うそばから、キスだけで高ぶらされるテクニックに翻弄されて、次第に考えることを放棄してしまう。

いつの間にか自分からも縋りついて、長いキスに酔いしれる。舌を甘噛みされ、ついで強く吸われて、息ができなくて胸を喘がせた。背筋を何度も震えが走り、腰が怠くなり痺れていく。身体の中を走る神経が先鋭化したようで、どこを触られても敏感に反応してしまう。

呼吸もままならないまま、次第に気が遠くなる。

ようやく唇を解放されて、どっと新鮮な空気が入ってきた。胸を激しく上下させながら、足りなかった空気を貪るように吸い込んだ。

その間に器用な小山内の指が次々とシャツのボタンを外して、前を開いてしまう。健康そうな肌が小山内の前に晒された。胸のささやかな飾りのほかは、染みひとつない綺麗な肌だ。以前ついていた不審なキスマークが誰の仕業だったのか、それだけはしばらく小山内の気がかりとなっていたが、あれ以来見ることもないままに過ぎて、今では警戒心も薄れていた。

小山内の唇がゆっくりと鎖骨に触れ、味わうように舌先で嬲《なぶ》りながら胸のそここに這っていく。

「ん、や……っ、そこ、やめ……」

特に乳首を弄られると、恥ずかしいほど腰が跳ね、脚のつけ根に血液が音を立てて流れ込み始めた。

「もう尖ってきた。やはり敏感なんだな」

自分の状態を口にされるのが居たたまれなくて、掌で小山内の口を塞ぐ。恭巳の行動の意味をわかっている小山内は、唇を塞がれたまま、にやりと笑い、舌で掌をペロリと舐めた。

「うわっ」

そのヌルリとした感触にびっくりして手を放すと、小山内はわざとらしく含み笑いしながら、恭巳の耳元に唇を近づけてきた。

「これからもっとすごいことをするのに、これくらいで恥ずかしがっていて、どうするんだ」

そのまま耳を舐められ、耳朶を噛まれた。

「……っ」

耳を塞ごうと持ち上げた手は途中で止められ、小山内に顔の両脇で押さえつけられる。

「邪魔ばかりする手だ。括《くく》っておこうか？」

冗談なのか、脅しなのか。おそるおそる見上げた先には、本気の光をちらつかせる獰猛な瞳が待っていて、思わず背筋が震えた。爽やかな好青年の奥に巧妙に隠されていたのは、剥き出しの獣性であるとようやく悟って、これから食べられてしまう哀れな子羊が自分なのだと教えられる。けれどその瞳の中に、今自分だけが映っていることが、嬉しい。飢えた獣の前にその身を投げ出したのは、自分自身なのだから。

甘美な期待感が、身体の裡からうずうずと込み上げてくる。

「もう、しない……から」

縛らないで、と掠れた声で訴える。まるで無理やりされるような抱かれかたはいやだ。自分だって、小山内に触れていたいのだ。

「約束だぞ」

念を押されてこくりと頷いた。だから、意地悪そうに歪められた唇が、指の代わりにささやかな胸の突起を嬲っても、吸い上げて少し痛いくらいに歯を立てても、恭巳は拳を握り締めて我慢する。

「ん、んんっ。あ……」

身体を犯していく快感に鳥肌を立てながら、声を殺そうと指を噛もうとしたのも邪魔されて、置き所のない指は、いつの間にか畳に爪を立てていた。

時々戻ってくる唇に、無我夢中で吸いつくほかは、恭巳の唇はずっと甘い声を紡ぎ続けている。微かに残る理性で、自分があげている濡れた声に身悶えするほどの恥ずかしさを感じているが、胸のあちこちを舐めて噛まれて、それが臍を伝いもっと下に降りてくると、とても声を我慢することなどできなかった。

ベルトを外され、ジーンズをくつろげられ、下着を押上げているその部分を見つけられてしまう。小山内の指が、硬くなっているそこを容赦なく暴き立て、下着の上から触られただけであまりの気持ちのよさに腰を振っていた。

重くなって力が入らなくなってしまった腰を、軽々と持ち上げられて下肢を覆っていたものを取り払われた。脱ぎかけのシャツのほかは身に纏うものもなくなって、あさましい身体を晒す自分に居たたまれない気分で唇を噛む。と、優しい指が伸びてきて、唇をそっと撫でるものだから、噛み締めたそれもすぐに解けてしまった。

怪我をした肘や膝に触らないように慎重に動きながら、小山内は柔らかな下ばえを梳き、そのまま勃ち上がっていた昂りを搦め捕った。ゆっくりと擦られるだけで、射精感が込み上げて、恭巳は無意識のうちに腰を突き出していた。

「……もっと」

触れるだけの感触ではもの足らなくて言葉でも催促してしまい、口に出した途端、言った自分の台詞にカーッと頬が熱くなった。

「欲しいのは、これ？」

緩やかに擦っていただけの指が、意志を持って強く、速度を上げて動きだす。

「あっ、あ……」

蕩けるような快感に総毛だった。

羞恥のあまり血が上ってますます熱くなった頭は、もう考えることも支離滅裂で、堪えきれない快感でさらに熱い吐息を零し始める。小山内が触れるすべての場所から、神経を冒す快楽のエキスが分泌されて体内をすさまじい勢いで駆け巡っていく。親指の先で、先端の敏感な部分をぐりぐりと撫で回され、そのたびに込み上げてくる射精感で、恭巳の腰も迫り上がる。

ところが、「イく！」と最後の解放を求めて腰を突き出した途端、小山内がパタッと手を止めてしまうのだ。

「あぁっ、いや、やっ。もっと、して……」

もどかしくて、あさましく小山内の手に昂りを押しつけて悶えても、

「まだ、だめだ」

とあっさり拒否されて、緩慢な刺激に啼かされる。何回もイく寸前で堰き止められて、内にこもる熱は次第に濃度を増していき、唇から零れる息は、火のように熱くなっている。昂りの先端から伝い落ちる蜜も、夥しい量になって、小山内が手を動かすたびに恥ずかしい水音がひっきりなしに聞こえだした。

脳の奥が痺れたようになっている恭巳は、本能のままに欲しがりねだり、小山内に「もっと脚を広げて」と言われれば、言われるままに、これ以上は無理なほど全開に開き、「膝を抱えて、腰を上げろ」と言われれば、その通りに動く。昂りの下のふたつの膨らみや奥の秘孔までが、小山内の視線の前に惜しげもなく曝け出された。

恭巳の昂りを手に収めたまま、小山内の舌が濡れてべとつく茎を舐め回し、そのまま裏筋を刺激しながら双珠まで行き着いた。こりこりした膨らみを代わる代わる口の中で転がし、さらに恭巳に濡れた声を上げさせる。

「あ、あ、あぁ……んん」

自分の零した樹液が、茎を伝って後部にまで滴り落ちていた。小山内は、その蜜に合わせるようにさらに自分の唾液を送り込み、小さな窪みの周囲をしとどに濡らした。達しない程度に前を刺激しつつ、指を後ろの蕾に一本滑り込ませた。

イきたくて堪らない恭巳は、前を嬲る小山内の指に気を取られて、さらに悪辣な動きが後部で始まったことに気がつかない。

蕾の周囲をじわじわと解しながら、先端を含ませて恭巳のようすを窺い、さらに奥まで押し込んで、唐突にくの字に指を曲げて中の粘膜を刺激する。

「あっ、何……？」

異様な感覚にようやく気づいた恭巳が、蕩けていた意識を一瞬覚醒させる。感じすぎて潤んだ瞳を見開いて、首を持ち上げるようにして自分の身体を見、いつの間にか取らされていたひどく恥ずかしい体位と、小山内が弄っている指のありかを悟って目眩でもしたかのようにあえなく目を閉じた。持ち上げた首も、力をなくして後ろに倒れ込む。

「ひど……。こんな、恥ずかしい……」

「セックスしてるんだ。何が恥ずかしいものか。恭巳は黙って、さっきみたいに感じていればいい」

蘇りかけた理性は、小山内が恭巳の昂りをすっぽり銜え込んで、蕩けるような愛撫を加え始めると、あっけなく飛び散ってしまった。冷めかけた脳裏にも、熱い悦楽の波が押し寄せて余計な雑念を消し去る。

「あぅ……っ。くる…し」

それでもイきかけるとまた止められて、恭巳は縋りつくように小山内の腕に掴まって爪を立てた。

「……っ」

恭巳を思うままに喘がせているように見える小山内も、実はかなり切羽詰まっている。爪を立てられて、痛いと思う痛覚は、解放されたいと願う腰へのさらなる刺激にしかならない。

「もう少し」とまるで自分に言い聞かせるように呟かれた言葉は、掠れてほとんど声になっていなかった。

傷つけないようにと、一本目でかなり解したあと、二本目はほとんどおざなりになり、それでも歯を食いしばって増やした三本目は、荒っぽい動きながら、内部をかなり広げてから引いていった。指で探った中に、恭巳がびくりと身体を震わせる弱みも突きとめた。

「淹れるぞ」

という言葉は、さんざん感じさせられて喘ぐばかりの恭巳の耳に届いたかどうか。真っ赤な内部の空洞を僅かに覗かせるその部分に、小山内ははち切れんばかりに成長している自身を押し当てた。どうしていいかわからないままに小山内に縋っていた恭巳の腕を、首に掴まらせるように導いてから、押し当てていた己をぐっと中に押し込んでいく。

「あああぁぁぁ、いゃあぁ」

入り込んでくる、指とは比べものにならない凄まじい質量に、恭巳が悲鳴を上げながら仰け反って逃げようとする。

「いやっ、いゃぁ。いたい……いた…っ」

しきりに首を振って、小山内の肩を押し退けるようにして暴れる恭巳を、小山内はその強靭な腕の力で引き留めた。

「恭巳。好きだ、恭巳」

今は苦痛しか感じなくても、すぐによくしてやるから。

ゆっくりしていたのでは、痛みばかりが増えていく。小山内は、苦悶にのたうつ恭巳の内部に、強引に自らを埋め込んでいった。狭い内部を突き進む小山内自身にも、かなりの痛みがある。前の昂りを刺激すると、一瞬強張りがなくなり弛緩する、その僅かな隙に少しずつ入り込み、双方の苦闘のあとで、ようやくすべてを収めきった。

無理やり広げられた入り口はズキンズキンと苦痛を訴えていたが、恭巳の内部は入り込んできた異物を包み込み締め付け味わったあとで、嬉しそうに襞を蠢かせ始めた。

「…ぁ……あ、なんか…へん」

痛くて熱くてムズムズする、じっとしていられない感覚が恭巳を襲う。

小山内は動くのを堪えて、恭巳の内部が彼自身の大きさに馴染むのを待っていた。「へん」と呟く声で、ようやく自身に絡みつくように蠢き始めた襞の感触に、小山内も気がついた。

ほんの少し腰を揺すって、ギチギチだった中の緩みを確かめる。

「やぁ……っ」

おそらくまだ残っているのであろう痛みに眉を顰めながらも、零れ落ちた恭巳の声は甘く響いた。

もうひと揺すりしたあとで、小山内は慎重に自らを引き抜きにかかった。ゆっくり、これ以上の苦痛を与えないように恭巳のようすを窺いながら。ギリギリまで退いた後で、今度はゆるゆると元の位置まで押し戻す。

「あっ」

小さく声が漏れたのは、苦痛の声ではなかった。

何度かゆっくり出し入れを繰り返したあとで、小山内は次第に速度を上げていった。指で確かめておいた敏感なところを探り当てて突いてやると、恭巳は無意識のうちに仰け反って快感を露わにする。小刻みに腰を動かして、中の襞が引き留めようと絡みついてくるのを待って、ひときわ奥に突き入れる。そうすると、恭巳の身体はさざ波が走ったように震えを帯び、唇から甘い呻きを零して、昂った先端からとくりと蜜を溢れさせる。

奥を刺激し始めたときから昂りにはほとんど触れていないのに、萎える気配もなく、ビクビクと反応している。思いついて、ピンと突き立っていた乳首を指で押し潰すと「あぁん」と切ない声を上げて、内部に銜え込んだ小山内を締め付ける。

少し無理な体勢だったが屈み込んで、可愛らしい小さな乳首に唇を押し当て、強く吸い上げると、さらに中の襞が反応して、腰を引こうとする小山内を放すまいと引き絞る。蠕動《ぜんどう》する襞に絶え間ない刺激を受けて、小山内自身も限界に近づいていった。

指で代わる代わる乳首をいたぶり、もう一方の指で蜜を溢れさせている昴りを擦り上げてやり、さらに穿《うが》つ速度を上げると、汗で濡れる小山内の肩に縋りつきながら、恭巳が絶頂に駆け上がる。

「あああぁぁ……っ」

親指で弄っていた滑る昴りの先端に爪を立てた途端、恭巳が長い悲鳴をあげて達した。生暖かい白濁が激しい勢いで噴き上げて、小山内の手を濡らし滴り落ちていく。その衝撃で、恭巳の内部も急激に収斂し、銜え込んでいた小山内を強烈に締め付けた。堪えようとするまもなく、小山内の熱も弾けさせられた。

狭い部屋は覚めやらぬ甘い陶酔で温度を高め、激しい息継ぎのたびに吐き出される湿った呼気で熱い空気を揺らし続ける。

ほとんど意識を飛ばしている恭巳の身体から自らの昴りを引き抜こうとした小山内は、その刺激で、「ぁ、ん」と零れた恭巳の艶声に、たちまち硬度を取り戻していく自身に困惑した。

まっさらと言っていい恭巳の身体に、最初から何度も受け入れさせることは無理だとは、理性の部分でわかっている。しかし欲しいと訴える本能はごまかしようもなく、恭巳がようやく意識を取り戻し、長い睫毛を震わせて快感に蕩けたままの瞳を見開いた途端、狭い内部を限界まで圧迫するほど回復してしまった。

「や……なに？」

舌っ足らずに呟いた唇を強引に塞いで、拒否の言葉を言えないようにしてから、小山内は慎重にしかし確実に腰を揺すって第二ラウンドを開始させたのだった。

「動けないよ、どうしてくれるの」

抱えられて狭い湯船にふたりして浸かりながら、恭巳が唇を尖らせて抗議している。あのあとさらに二度、遂情させられて、起き上がれなくなるほど消耗させられたのだ。文句を言っているのに、声が甘ったるく聞こえるのは、気持ちを確かめ合ったばかりの恋人同士なら当然のことだ。腰も立たなくなるほど求められるのは、それほど愛されている証拠のようで、実は嬉しい気持ちをごまかしているのだから、責める声がきつくなるはずもない。

「すまなかった。ちゃんと面倒は見るから」

当然、答える小山内も、口では殊勝げに謝っているが、膝の上に座らせて抱き締めている身体を、いまだに未練げに弄り回している。

何度も吸われ弄られて、そっと触れただけで身体を震わせるほど敏感な性感帯に変えられてしまっている、充血している乳首を、小山内は飽きずに指で転がしていて、そのたびに、「痛い」と恭巳に指を払い除けられていた。

さわさわと腰を撫でて、「そこもだめ」と拒否されると、指は項を這い「くすぐったい」と首を振ると、また胸に戻ってきて、項には唇を寄せてくる。

「小山内さん……んっ」

いい加減に、と言いかけた言葉は、項から素早く回ってきた唇に塞がれて消えていき、くぐもった呻き声が湯気の中に溶けていった。

凭れ掛かった胸は頼りがいのある厚みで恭巳を受け止め、揺るぎもしない。服を着ているときは、小山内がこれほど充実感のある身体をしているとは思わなかった。着やせする、というのだろう。恭巳ひとりくらい、その懐で憩わせてあまりあるくらいの、逞しさがあった。

「引っ越しの手配も俺がしておくから」

面倒は見る、と言った言葉の続きなのだろう。キスでフワフワと気持ちが飛んでいた恭巳は、上の空で「うん」と頷いていた。湯船で身動きすると起こるさざ波すら、悩ましい感触を引きずり出す。淫蕩な意識がなかなか冷めなくて、実は小山内の身体に触れているだけで堪らない。その上敏感なところを弄られては、どうにも熱の散らしようがないのだ。

そのくせ、存分に触れることを初めて許された小山内に、いつまでも触れていたいと思うのだから始末に負えない。小山内が何か言っても、返事が意味をなさないのは当たり前だった。

蕩けたような意識のまま、さんざんいちゃいちゃした挙げ句に、ようやく小山内が恭巳の身体を抱えて立ち上がった。狭い洗い場を跨《また》ぐように風呂場を出て、バスマットの上にそっと恭巳を抱き下ろす。

「立っていられるか？」

優しく尋ねられて、「無理」と首を振る。足を地につけていても膝がガクガクして、脇の下で支える小山内が腕を引けばそのまま座り込んでしまいそうだ。

「立てない」

と拗ねたように言った恭巳に、小山内はにっと笑いかける。

「体力ないな。運動不足か？」

意地悪くからかわれて、

「……っ！　誰のせいだよ」

意地でもひとりで立とうと小山内の胸を押しやった。途端にガクッと膝が崩れて倒れそうになる。

「おっと危ない」

手が離れた一瞬の隙にバスタオルを手に取った小山内が、危ういところで抱き取って、ホカホカの身体を柔らかなそれでくるみ込んでくれた。そのために意地悪したのかと、それならあっさり、タオルを取るから掴まっていろ、くらい言えばいいのに、となんだか腹が立ってくる。こっちが好きだと告げた気持ちをおもちゃのように扱われている感じがして、面白くない。

抱き上げてくれた小山内の首に渋々腕を回しながら、

「次はこんなに無茶させないからな」

負け惜しみのように言うと、

「それでも、させてくれる気はあるんだ？」

言葉尻を取られて、いまさらながら自分の言った言葉の意味に気がついて血を上らせる。

「こ、恋人なら、当たり前だから……」

頭から湯気が出そうなほど赤くなって言い返すと、小山内は瞳を和らげて蕩けそうな視線を恭巳に向けた。

「そんな目で、見るな…よ」

向けられたこちらが恥ずかしくなるような、全開の愛しさを向けられて、つい視線を外した。

「恭巳、愛しているよ」

ことの最中には言わなかった言葉を、改めて告げられて、今度こそ恭巳は撃沈する。顔を真っ赤にして、口をぱくぱくさせたまま絶句してしまったのだ。小山内は、表情を意地の悪い笑みに変え、狼狽する恭巳を見下ろした。

「……んとにっ、たち、わる……っ」

ようやくそれだけ言って、恭巳は額を小山内の胸にぶつけ、そのまま表情を見られないように顔を埋めてしまった。

やっぱり、育ちがいいんだよな、と恭巳はチラチラと小山内の手元を見ながら思う。

今夜は魚料理にしてみたのだが、箸使いが綺麗で、骨が残った皿も見苦しくない。かなりの量を食べるのに、がっついている感じはなく仕草全体が優雅だ。

「ん？　俺の顔に何かついているか？」

恭巳がじっと見ているのに気づいた小山内が首を傾げる。

「あ、ちが……。食べ方が綺麗だなって」

言われるままに小山内の部屋に同居して、毎日一緒に食事を取るようになってずっと思っていたことだ。

「ああ」

目を皿に落として、小山内が苦笑いする。

「箸の持ち方からいっさいの行儀作法は、祖母に叩き込まれた」

「お祖母さん？」

「小笠原流の師範だったから、うるさかったな。何年も前に亡くなったが、最期まで背筋をしゃんと伸ばした凛々《りり》しいばあさんだったよ」

箸を置いて湯飲みを持つ仕草も流れるようだ。

「時間、いいのか？」

その動きにもうっかり見惚れていた恭巳に、コンビニの深夜シフトが入っているのを気にかけていた小山内が声をかける。

「あ、やばっ」

慌てて残りのご飯を掻き込んで、立ち上がった。

「茶碗、水につけといて。勝手に洗わないでよ」

洗うのはオレの仕事だからと念を押して、恭巳はバタバタとデイパックを下げて出ていこうとした。と、玄関までついてきた小山内が、腕を掴んで引き止める。

「行ってきますのキスは？」

言われて、さっと恭巳は赤くなる。こんな甘ったるい雰囲気にまだ慣れないのだ。

あの日初めて身体を合わせて、まる二日間腰がおかしかった。肘や膝も、傷と打ち身の痕が痛んで、ほとんどベッドから出られなかった。その間に小山内がてきぱき手配して、恭巳の僅かな荷物はこの部屋に運ばれている。小山内も持っている冷蔵庫や洗濯機は、小山内の実家に預けてしまった。処分しろと言い張る小山内は、ひとり用の電化製品をまた恭巳が使う気でいるのが、気に入らなかったようだ。

「もしかしたら弟妹たちがひとり暮らしをするのに必要になるかもしれないから」

と主張したのでようやく妥協してくれたが、そのかわり担保として俺が預かっておくと、掻っ攫われてしまったのだ。

ひとの実家にまで迷惑をかけてしまっていいのだろうかと気に病んでいると、元の自分の部屋に放り込んであるから心配するなと、額をピンと弾かれた。

経済的な事情があって始めた同居生活だったが、それはまるで新婚生活みたいだった。

小山内はベタベタに恋人を甘やかすタイプのようで、恭巳は暇さえあればすっぽりその腕の中に抱き締められている。それは心地よいのだが、よすぎて動きたくなくなるから困る。好きな相手と一緒に過ごせて嬉しいからこそ、馴れ合いすぎて飽きられないように気をつけたい。

最初の約束どおり、食費の代わりに毎回の食事の支度をし、生活費の面倒を見てもらっているぶん、家事一切は自分の仕事と決めていた。たとえ水くさいと言われても、自分の責任は責任としてキチッと果たし、小山内の役に立つことで、この関係を長続きさせたいと願っているのだ。

「恭巳？」

わざとらしく唇を突き出していた小山内は、いつまで経っても恭巳が動かないので、仕方なく手を伸ばして顎を捕らえた。そのまま覆い被さるように口づけてくる。恭巳はされるままにキスを受けていたが、抑えの効かない小山内に貪るように吸い上げられると、カクンと膝の力が抜けて凭れ掛かった。それをがっしりした胸が受け止める。

「だから、出がけに、キス、なんかしたくなかったのに」

感じたために潤んでしまった瞳で恨みがましく見上げると、小山内も切羽詰まった表情で見下ろしている。何度見ても、獲物を前にした飢えた獣に見えてしまうその顔が、実は恭巳は密かに気に入っていた。まだ欲しがってくれていると確認できるからだ。

「行くの、よせよ」

掠れた声で小山内が誘惑する。

「そんな、無理…」

答える恭巳も未練たっぷりの声だ。

「……仕方ないなあ」

しばらくの沈黙のあとで、小山内が大きなため息をついて、恭巳を引き離す。

「ほら、行っておいで」

ぽんと腰を叩かれて、恭巳も我に返る。すっぽり抱かれていた温もりがなくなったのが、やけに寂しい。

「だから、出がけに……」

ブツブツと零しながら、力の入らない脚をなんとか動かして階段を下りていった。

今夜のシフトのあとは、明朝そのまま大学に行き、午前中の授業を受けてから帰る予定にしているので、朝食の用意もきちんと済ませている。つまりそれは明日の夜まで小山内に逢えないってことで。後ろ髪を引かれる思いで、夜道をバイト先に向かう恭巳だった。


「顕光様」

恭巳が出かけてしばらくしてから、携帯が鳴った。隣の部屋に控えていた周防からだ。

「なんだ」

「今夜はこれで引き上げますが、たまには進行状況を報告するようにと、お父上から伝言が入っています」

「順調だと返事しておいてくれ」

「いえ、それが、直接顔を見せるようにと」

「なんだと？」

電話での会話が面倒になった小山内は、周防を呼び寄せた。恭巳が一緒に生活するようになってから、万一のことを考えて、周防や部下たちには自分たちの部屋にこちらが呼ばない限り来ないように言いつけてある。意外に勘の鋭いところのある恭巳に、自分以外の人間が部屋に出入りしていると気づかせたくないからだ。

「それで、なんだって？」

「運ばれてきた冷蔵庫や洗濯機に、ひどく不信感を持たれたようで」

招き入れてともに畳に座る。それでなくても狭い部屋は、一角を占領しているソファベッドのせいでますます狭くなっている。周防がそちらに目をやらないように注意しているのを見て、小山内の悪戯の虫が疼いた。

「説明してあるのだろう？」

「はい、青木さんの事情をお話しして、今は一緒に住んでおられると」

僅かに目を伏せて取り繕って話す周防に、小山内がにやりと笑った。

「同居？　ちゃんと同棲だと言えばいいのに。隣まで聞こえているんだろ、恭巳の声。声を我慢しろとは言ってないから。まさかあいつも、隣で誰かが聞いているとは思ってもいないだろうが。何しろ壁が薄いからなあ、このアパートは」

嘯くように言うと、キッと周防が表情を引き締めて小山内を正面から見据えた。

「どういうおつもりなんですか」

「恭巳を見ていて、こういうアプローチもあると気づいただけだ。今のあいつなら俺の言うなりだ」

「ではもう、我が社と契約すると約束ができたのですね」

「……いや。その前に超微細シリコンがどれだけの確実性を持って生み出されるか、確認を取らなければならないからな」

容赦なく周防が追求すると、小山内は言葉を濁し、まだそのときではないと言い訳した。

「いつそういう話をされるのですか？　もう十分青木さんを懐柔しておられるのではないですか？」

「何が言いたい」

いつになく食い下がる周防に、小山内は不快感を覚えた。忠実な補佐役のはずが、この反抗的な態度はなんだ。

「青木さんは、誠実な方です。あなたがいずれ芙蓉電機グループのトップを約束された方であることを隠していたと知ったとき、どうなさるのでしょうね」

「…別に、文句は言わないだろう？　うちに入ってくれれば、俺の側近に取り立ててもいいし。ちゃんと優遇すればいいことだ」

「青木さんがそれで納得なさるとでも？」

「周防。俺に持って回った言い方はするな。言いたいことがあるならはっきり言え」

小山内は、威圧感も露わに周防を睨み据えた。対する周防は、一向に気圧されたようすも見せず、鋭い舌鋒で切り返した。

「ではおうかがいしますが、あなたはこういう関係をいつまで続けるおつもりですか？　青木さんが、研究の成果を我が社に任せるという契約書にサインするまでですか？　そのあとは切り捨てて、それで済むとお考えなのでしょうか」

「済むも何も、男同士でどうしろと言うんだ」

眉を顰めて吐き捨てる小山内に、周防は非難の目を向ける。

「企業人として大成するために必要なのは誠実さだと、わたしは思っています。これまであなたはさまざまな手段で、会社に必要な情報を手に入れ、必要な人材を口説き落とし、不利益な醜聞が漏れるのを防ぐのに辣腕を振るってこられた。若くしてその地位に就かれたにしては、素晴らしい成果を上げてこられたと思います。けれどもわたしがもっとも感服しているのは、あなたが相手に対するときの態度でした。あなたは、すべては会社のためだというポリシーを根底に据え、強引な手段を採りながらも、相手の利益になることもきちんと計算してことに当たられていました。やり方を非難する声がないとは申しませんが、結局説得が成功し相手を口説き落とせるのは、あなたがある意味での誠実さを持っておられたからだと思います。しかし……」

「恭巳が俺を好きだと言うんだ。こういう関係になってどこが悪い」

「では、あなたは？　青木さんをお好きではないんですか？」

周防の鋭い指摘に、一瞬小山内は詰まって言葉を失う。

「契約を提示すれば、あなたが芙蓉グループの人間であることは青木さんにわかってしまいます。そのときあの方は、素直に契約書にサインしてくださるでしょうか。わたしは逆に、青木さんの反発を招き、ライバル社に攫《さら》われてしまうのではないかと懸念しているのですが」

「ばかな！　万一そんなことになったら、恭巳は俺のマンションに閉じ込めて縛りつけておく。誰も俺から恭巳を攫っていくことができないようにな」

いきり立って声を荒らげた小山内に、厳しい態度を取っていた周防の目がふと和らいだ。それを小山内に見咎められたくなかったのか、僅かに俯いて表情を隠し、しかしその顔は我が意を得たりと言わんばかりの密かな笑みを浮かべていた。

「監禁、拘束は刑事罰対象の行為ですが」

わざとらしく小声で呟いたあと、周防はこほんと咳払いして小山内に向き直った。

「失礼いたしました。そこまでのお覚悟とは存じませず、口幅ったいことを申し上げてしまいました。お許しください。それではまた明日、おうかがいいたします」

「あ、ああ。そうしてくれ。恭巳が家にデータを持ち帰っていないなら、大学のほうにも手を打ってみる。いずれにせよ、彼が俺の手の内にある間は、他社も手を出せまい」

急に引き下がった周防に、一瞬戸惑ったように瞬きをした小山内は、すぐにいつもの尊大な態度を取り戻した。

「よろしくお願いいたします」

手を振って周防を送り出し、しんと静まり返った室内をぐるりと見回す。

「恭巳が、俺から離れていくだと？　ばかな。誰がそんなことを許すか」

すでにいない周防に宣言しているつもりか、あるいは自分に言い聞かせているのか、呟いた小山内の言葉は、その不遜な内容にもかかわらず、微かな不安の響きを滲ませていた。

徹夜明けの朝の授業は、さすがにあくびばかりで、目が痛い。ようやく長丁場を乗り切って、これで帰れると教室を出たところを、石丸が呼んでいると久保田に伝言された。

「えーっ」

とぼやくと、寝不足を知っている彼に気の毒そうに背を叩かれた。

「お気に入りは辛いね」

「……何がお気に入りだ」

ぼやきながらも、仕方なく教授室に向かう。

「呼び立てて悪かったね」

と爽やかに笑う石丸の前では不機嫌な顔もできず、この間の実験をまとめたレポートからいくつか質問されたことに丁寧に答えた。だけどそれくらい、立ち会っていた教授のほうがわかっているはずだと首を傾げていると、教授が困ったように口調を改めた。

「実はまたある企業から話が来ていてね」

実はこっちが本当の用件なんだと、教授が済まなさそうに微笑する。

「シリコン、ですか？」

「一応箝口令はしいてあるから、君の名前は出ないとは思うが、気をつけて」

「はい」

素直にコクンと頷いて、「でも」と口を開く。

「データが揃ったら公開すると言ってあるのに、どうしてこうあちこちからオファーが入るのでしょうね」

「公開されたくないのだよ、彼らは。自分たち一社で独占したい。だから密かにそれを手に入れてしまいたい。不完全でもいいんだ。彼らには独自の研究者がいるから、自分たちで先を進めることができる。そして特許申請して自分のところで開発したと主張する」

「きったねえ」

思わず呟いた言葉に、教授が微笑む。

「なるべく自宅にノート類を持ち帰らないように。パソコンの扱いにも、十分注意するんだよ。いつも言っているように、この部屋の金庫は自由に使ってくれていいからね」

「はい。ありがとうございます」

「いやいや、当然のことだよ。さて、どうやら君の身体も限界のようだ。目が充血して真っ赤になっているよ。昨夜は徹夜かね？」

「ええ、まあ。ちょっと、バイトで」

「気をつけるんだよ。身体を壊してはなんにもならないからね。そうだ、目薬があるから差してあげよう。こっちへおいで」

邪気のない笑顔を向けられて、恭巳は思わず何歩か近づき、ニコニコと膝を叩いて招く教授に硬直した。ここに座れというつもりなのだろう。右手に、引き出しから出した目薬の容器を持って、躊躇する恭巳を訝しそうに見る。

「どうしたんだね。早くおいで」

「だって、教授。膝の上なんて、座れませんよぅ」

プルプルと首を振って拒絶すると、

「どうして？　君はそんなに重くないから、平気だよ？」

本当に不思議そうに首を傾げている。その、天然ぶり……。叶わないなと思いながら、やはり膝に乗るのは遠慮したくて、じりじりと後ずさる。

「青木君？」

「あ、あのっ。すみません、急いでいるので、それはまたの機会に」

早口で呟いて、ドアを開けると脱兎のように逃げ出した。きちんと閉まらなかったドアの隙間から、ぷっと噴き出す教授の声が追いかけてきた。恭巳の慌てぶりが、よほどおかしかったらしい。階段を駆け下りるときにチラリと振り向くと、

「疲れているところ、呼びつけて済まなかった。あまり無理をしないようにね」

と自室の前に立ってわざわざ手を振ってくれている。いつものように涼やかな笑顔だったが、その中に残念そうな気配を感じてしまった恭巳は、「気のせい、気のせい」と頭を振って、そ

の感覚を押しやった。

小山内と関係ができてから、妙に過敏になってしまった恭巳だった。あれきり、小山内以外の人間にキスマークをつけられることはなかったが、あまり近くに寄られるとつい警戒してしまう。

でも、まさか、教授は、違うだろ。

と自分に言い聞かせながら、ようやく駐輪場にたどり着く。

自転車をこぎながら、眠気で時々フッと意識が途切れた。これはマジでやばいかもと、カクンとなった首を慌てて振って眠気を振り払い、あとはこぐことに集中してアパートに帰り着いた。

階段を上がって奥から二番目の小山内の部屋の前に立った。鍵を出しながら、ふとそれまで自分の部屋だった一番奥の部屋に目をやった。まだ次の住人は決まっていないらしく、空き室のままになっている。

そう言えば、と今通り過ぎた反対側のドアを見た。ここはフリーターの若い男が住んでいて、夜勤専門の彼とは時々言葉を交わしたこともあった。

「この最近、全然見ないなあ」

壁が薄いから、生活音が聞こえてもいいのに、小山内の部屋に来てから物音ひとつ聞いたことがない。訝しく思いながら部屋に入り、あっと自分でもそのことに気がついた。

壁が薄いってことは、もしかすると自分のあのときの声もあっちに聞こえているってことで。

「うわぁ」

思わず顔を押さえて赤面した。

最初に身体を合わせて以来、かなり頻繁に手を伸ばされている。自分だって小山内に抱き締められるのは好きだから、まったく拒んでいないし。

「夜は、大丈夫なんだよな。お隣さん、夜勤専門って言ってたし」

考えてみると、昼に抱き合ったことはなかったと、ほっと胸を撫で下ろす。

でも気をつけなくちゃ。

腐ったことを考えながら、靴を脱いで部屋に上がった。パッと目についたのは、夜以外はソファになっているそれが、広げられてすぐに横になれるようにセッティングしてあることだった。

枕にメモが留めてある。

『家事は適当にしておいたから、まずはちゃんと寝ること』

流しには洗った食器が伏せてあるし、どうやら掃除機もかけてあるらしい。しかも狭いベランダには洗濯物が幾つかぶら下がっている。心がぽっと温かくなった。

「だから、それはオレの仕事だって言ってるのに」

文句を言いながらも、小山内の思いやりが嬉しくて、ポスンとベッドに身体を横たえる。カバーもきちんと替えてあるようだ。恭巳は枕を抱え込んで深く息を吸い込んだ。洗剤の匂いに混じって、小山内の香りが僅かに残っている。

「小山内、さん」

呟いて、香りだけでふわっと身体の熱が上がった自分が恥ずかしくなる。昨夜は離ればなれだったけれど、その前はもう無理というくらい搾り取られて、小山内のものも受け入れて、喘いで乱れて貪り尽くしたというのに。貪欲な自分が嫌になる。あまり欲しがりすぎて、小山内を呆れさせていないだろうかと、今度はそんなことまで気になり始めて……。

「ばかなことを考えないで、寝よっと」

ごそごそ身体を捩ってシーツの下に潜り込んだ。新しいシーツなのに、そこここに残っている小山内の残り香に包まれながら、昨夜以来の寝不足がたたって、幸せな気持ちですんなり眠りにつくことができた。

なぜ眠りから起こされたのか。ぼんやり目を開いた先に見慣れた背中を見つけて、ああ、彼の気配で起きちゃったのか、と自分の恋心に苦笑する。まだ意識はぼんやりしていて、屈み込んでいる小山内が何をしているのかよくわからない。拡散していたそれが徐々に集まりだし、もう小山内が帰宅するような時間かとか、あ、じゃあ晩ご飯の支度とか具体的な行動を思い浮かべるようになって、はっきり目が覚めた。

「おかえんなさい」

声をかけると、小山内の背中が強張った。こちらが起きているのに気がつかなかったらしい。含み笑いをして、ごそごそと上掛けを押し退けて半身を起こした。

「よく寝てたな」

目を擦り擦り立ち上がって小山内のそばに行くと、腰を抱えられて膝の上に座らされた。教授のそれは断ったのに、小山内には素直に応じる自分に苦笑する。

「おはよう」

言われてちらりと窓に目をやると、すでに薄暗くなっていた。

「…おはよ」

そのままチュッと口づけられて、まだ力の入らない寝起きの身体で小山内に凭れ掛かった。笑いながら二回目のキスが降ってくる。素直に顔を仰向けてそれを受け入れながら、チラリと小山内の足元を見る。自分のデイパックが、チャックを開けたまま置いてあった。

目を閉じて、段々情熱的になるキスに自分も協力しながら、頭の隅で、「チャック開けたままだったっけ」なんてことを考えていたのがばれたのだろう。

「こら、恭巳。キスの時にほかのことを考えるな」

めっと叱られてしまった。

「……ごめん」

お詫びにと、自分から小山内に口づけたあとで、抱かれたまま身体を捻ってバッグを引き寄せた。チャックを閉めようとして、携帯が外のポケットに移動しているのに気がつく。

「あれ？」

「ん？　どうした」

「携帯……」

「ああ、さっき鳴っていたから、恭巳を起こしちゃまずいとマナーモードにしておいた」

しらっと言われて、咎めることもできず、恭巳は困惑したように睫毛をしばたたかせた。

「まずかったか？　バックの中、重要書類が入っていたとか」

「……そんなことはないけど」

重要書類と茶化した小山内の口調に、どこか探りを入れるような響きを感じて、考えすぎと恭巳は首を振りながら、その感覚を追いやった。

「さて、と、晩ご飯」

小山内の膝から降りて、一度大きく伸びをした。

「今夜は親子丼にするからね」

「カツはのらないのか」

「それは、カツ丼」

ふうん、カツをのせたらカツ丼になるのか、と小山内は変なところに感心している。

「カツ丼がいいの？」

改めて聞くと、どちらでもいいという返事で、結局最初の予定どおり親子丼を作ることになった。ご飯を仕掛け、洗濯物を取り込み、バタバタと動き回っていると、手持ちぶさたなのか、小山内が自分でコーヒーを淹れ始めた。

「あ、オレがするのに」

見つけた恭巳が慌てて駆け寄ると、

「これくらい」

と笑いながら恭巳の分も淹れてくれる。カップを流しの棚に置いて、ありがたく飲みながら鶏肉とタマネギを刻み始める。

ちらっと見ると小山内はソファに座って新聞を広げている。鍋を取り出しながら、恭巳は何気なく話しかけていた。

「同じ大学だというのに、構内で出くわすことってないんだね」

「あたり前だろう。キャンパスの場所が全然違うのに」

「でもオレが行ってるとこ、本部棟もあるから、何かの用事で来ることはないの？」

「どうした。昼間も会いたいというリクエストか」

「そうじゃなくて」

学生をやっている小山内を見てみたかったんだと告げると、

「普通だぞ」

と笑われてしまった。

「それより俺のほうこそ、おまえの白衣姿を見てみたいぞ。しかめっ面をして顕微鏡を覗き込んでいるところとか。あれだろ、確かナノテクノロジーとか言ってたな」

「あ、うん」

以前に何をやっているんだと聞かれて、そう答えた記憶がある。

「すごいな。まさに最先端技術じゃないか」

褒められて、照れくさくて首を竦めた。

「超微細シリコンが、学内で開発されたとも聞いたぞ。恭巳の所属するグループのことじゃないのか?」

「え?」

思わず手を止めて振り向いた。いったい誰からそんなことを……。

「けっこう噂になっている。一学生が、金鉱を掘り当てたってな」

小山内はさりげなく肩を竦めて見せた。

「特許を取れば一攫千金だとか、羨ましいとか。ま、そんな噂だが」

止めていた手を動かしながら、恭巳は首を振っていた。

「まだそんな状態じゃないよ。条件を整えればできるけれど、なぜそれができるのか、てんでわからないんだ」

「恭巳、だったのか？　学生って」

聞き返されて、ハッと恭巳は口を噤んだ。教授にあれほど口止めされていたのに、ポロッと喋ってしまった自分に慌てた。

「あ、小山内さん、これオフレコね。あちこちの企業からうるさいことを言ってくるんで、教授がちょっと気を揉んでいるんだ」

「だけど、発見したのが恭巳なら、それを特許申請すれば、こんな貧乏暮らしとは縁が切れるじゃないか。お父さんの入院費も手助けできるし」

ここぞとばかり小山内が身体を乗り出すと、恭巳はため息をついて「だめなんだよ」と首を振った。

「きちんと理論体系を整えないと、申請なんかできないんだ」

「……どういうことだ？」

「日本で特許を取るのは、ややこしい手続きや厳しい条件がたくさんあって難しいんだって。石丸教授が、あ、オレが師事している教授のことだけど、前にすごく憤慨していたよ。教授も、僕が超微細シリコンを作ったときにすぐ考えついて当たってくれたらしいんだけど、ただ、できた、というだけではだめなんだって」

「……そうなのか？」

「だから今、その条件をクリアするために鋭意努力しているところ。オレがあたふたしている間にほかの人間がちゃっかり実験データを利用できないように、教授が全部管理してくれているんだ。それでもあれこれ言ってくる企業が多いらしくて、今日も教授に気をつけるように言われてきた」

「しかし、特許申請は……」

「もう、いいじゃん。考えてるとパニックになりそうなんだ。今のままでは就職活動もやばいしね。ほんと、やっかいなものを作っちゃったよ。実験しているとき、使っていた材料の量とか種類とか、流した電流の強さなんかが、たまたまヒットしただけなのにね」

できたよ、と話をしながらもてきぱき動いていた恭巳が、丼にできたてのご飯を盛り、半熟卵で覆った具だし汁を、そうっと鍋を傾けて流し込んだ。刻んだネギを散らし、冷蔵庫から漬け物を取り出して、一緒に並べている。箸やお茶を入れた湯飲みを準備して、「食べよう」と声をかける。

小山内は、努めて不審な表情を押し隠して、一緒に食卓についた。食器棚から引き出した狭いテーブルが、今は心地よい団らんの場になっている。

「また、腕を上げたな」

半熟の卵がとろりと溶けて固まっている様が、いかにも食欲をそそる。だし汁も、暇なときに鰹《かつお》と昆布で作り置きして冷凍してある本格的なものだ。

「当然。いつもバイトで行く定食屋のご主人に、コツを教わったんだ。おいしくなきゃ、情けなくて泣いちゃうよ」

一緒に箸を動かしながら、恭巳が得意げに笑う。

「なんなら、このまま俺のところに嫁に来るか」

一瞬息を詰まらせた恭巳が、急に咳き込み始めた。気管にご飯粒を詰まらせてしまったらしい。

「大丈夫か」

箸を置いて、苦しそうに丸くなって喘いでいる背中をさすってやる。少し強めに何回か上下しているうちに、ようやく落ち着いたようだ。

「もう、小山内さん、食べてるときに、へんなこと言わないでよ」

ゴクゴクと少し冷めたお茶を飲んでひと息ついた恭巳が、恨めしそうに文句を言う。

「へん、かな」

「だって、オレ、男だし。嫁だなんて」

「嫁、だろう？　抱かれているのはおまえなんだし」

さりげなく指摘してやると、箸を持ったまま恭巳が固まってしまった。じわじわと項を這い上がってくる赤味が、耳朶を染め、頬を紅潮させていくのを、小山内はじっと見つめていた。

「まあ、俺も今は学生だし、こんなアパート暮らしだが、卒業して会社に復帰したら多少の贅沢はさせてやれるぞ。おまえひとり養うくらい簡単だし、無理に就職とか考えずに、院へ進むことも選択肢のひとつに入れてみたらどうだ」

「小山内さん……」

くぐもった声で名前を呼び、ひとつ吐息を落とすと、恭巳は言われている間俯けていた顔を、思い切ったように小山内に向けた。

「オレ、本気にしちゃうよ」

潤んだ瞳、震えを押さえるために噛み締めた唇、表情を見るだけで、恭巳がどれだけ感じ入ったかが伝わってくる。

「おいで」

それ以上言葉は必要なかった。細い身体が、広げた両腕の中に飛び込んできた。それをギュッと抱き締めて、顔を上げさせ唇を押し当てる。

お互い深く口腔の奥まで犯しあって、舌を絡め唾液を吸り合い、息継ぎのために僅かに顎を引いたときは、離れがたい気持ちを象徴するかのように細い銀の糸が淫らにふたりの間を繋げていた。

「小山内さん、好き……っ」

小山内の胸で身悶えるように恭巳は訴えた。しがみついて、キスだけで高ぶったところを切なく押しつける。無意識のうちに腰を揺らして、さらなる愛撫を求めていく。ソファをベッドに変えるだけの間も待てなくて、そのまま畳の上に倒れ込んでいった。何度も身体は合わせてきているのに、どうしていまさらこんなにも堪えようもない情欲に襲われるのだろう。

無我夢中で小山内の下衣に手を伸ばした。もどかしくその部分を開き指を滑り込ませる。硬く育ったものに触れて、泣きたいほどの安堵に襲われる。感じているのが自分だけでないと知って、いっそう切なく身を捩った。

手に余るほどの剛直を細い指で何度かさすったあと、我慢できなくなって身体をずらした。

「恭巳？」

呼びかける小山内の声も、求める気持ちでひどく掠れている。その欲望に満ちた低い声が、鼓膜を直撃し、脳髄を駆け上がり、それだけで深い陶酔を恭巳にもたらしていくのだ。

「ああ……」

堪らないと身悶えながら、両手で捕らえた小山内自身に唇をつける。じわりと露を含む先端に、逞しい茎に、そして根本のふたつの膨らみまでも。唇で触れ、舌で味わって自分の身体を震わせた。股間にじっとりと重苦しいものが張りつめていく。触れているだけでこんなに感じる自分は、もしかすると淫乱なのかもしれないと、頭の隅で嘲る声が聞こえる。

そんなの、いまさらだ。開き直って、恥ずかしいと思う心を押し退けた。自分はこれが欲しくて堪らないのだ。

「恭巳、こっちを向け」

呼ばれて、自分の唾液と、小山内の先走りでベタベタになった口元を、しゃぶっていた昴から離して顔を上げる。小山内の腕が伸びてきて恭巳の身体にかかった。

「あ、いや……っ」

腰を掴まれて強引に向きを変えさせられ、執着していた小山内自身から手が離れそうになって啼き声を上げる。慌てたまま、握っていた部分を強く掴みすぎて「痛っ」と小山内に声をあげさせてしまう。

「あ、ご、ごめんなさい」

デリケートな部分をそんなふうに扱われたときの痛さは自分でもわかるから、ビクッと手を引いてしまった。

「いいから。ほら、もう一度」

してくれ、と萎えるようすもなかったその部分に指を導かれる。

「その代わり、こっちは俺の、な」

言葉と一緒に、手早く下肢を剥かれ尻を掴まれ押し広げられたところに、ヌルリとしたものが忍び込んでくる。

「ひゃっ」

小山内の昂りを握り締めながらおそるおそる目を向けると、パッと視線があってにやりと笑われる。そして恭巳の目を捕らえたまま小山内は舌を突き出し、恭巳の後部に近づけていく。

「ああっ」

もう一度粘度の高い熱いそれで後ろのすぼまりを舐められた途端、恭巳は高い悲鳴を上げていた。逃れようと腰を振ろうとしても、両脇をがっちり掴まれていて、僅かに身動ぐことしかできない。

「あ……や、だ。それ……いや」

「嫌じゃないだろう、ここは気持ちよさそうにとろとろと蜜を溢れさせているぞ」

意地悪な指が伸びてきて、撓《しな》りきって快感に震えている恭巳の昂りを弾かれる。

「あう……っ」

それだけで遂情しそうになって背中が反り返った。

「おっと。先にイくと辛いだろ」

親切そうに言いながら、小山内が恭巳の根本を押さえつける。

「あ、やあ……っ、んっ」

確かに、先にイってしまうと、小山内を受け入れるときに圧迫感がひどくて辛い思いをすることになるのは、何度か身体を合わせているからわかっていた。しかし、イく寸前で止められるのも、これはこれで涙が出るほど苦しいことなのだ。

「……っ、お、小山内……さんっ」

「ほら、手がお留守だぞ。こっちは俺に任せて」

軽く尻を叩かれる。その感触も、恭巳の身体は快感と受け止めてしまい、ガクガクと腰を震わせた。堰き止められた昂りから、たらたらと蜜が溢れ、小山内の手を汚してしまう。

「はあっ、ぁ……」

熱い息を漏らし、何度か首を振って身体を走り抜けた悦楽をやり過ごすと、恭巳は顔を伏せて小山内の昂りを口腔に含んでいった。手に余るそれは、恭巳の口に収まる大きさではなかったが、届かない部分は指を添え、懸命に吸い上げ舐めしゃぶった。

その間も、小山内が後部に加える愛撫は次第に熱を帯びていき、舌でベトベトに濡らされたあと指の進入を受けていた。さらに絶妙の力加減で昂りを嬲られているから、口内の小山内への愛撫はたびたび中断し、苦しい息を吐くことになる。

先端をすぼめた唇で吸い上げると、小山内自身の味がじわりと口の中に広がる。苦いようなドロリとした味わいのそれは、恭巳の愛撫に彼が感じている証だ。舌で先端の窪みを突つくとピクリと反応するのも嬉しくて堪らない。もっと感じさせたいのに、逆に感じさせられて、そのたびに愛撫がおろそかになるのが悔しい。

三本の指が体内で暴れ回り、さすがに恭巳が息を詰めていると、「そろそろいいか」と呟いた小山内にクルリと身体をひっくり返された。

「え？」

「恭巳の中でイきたい。嫌か？」

掠れた声は、小山内もそろそろ限界を感じているからなのだろう。

「うん、きて……」

自分の口でイかせられなかったのは残念だが、こちらも堰き止められてばかりで、苦しくなっている。

「……一緒に」

精一杯の笑みを浮かべて見上げると、小山内は僅かに眉を顰めて視線を逸らした。すぐに優しい光を湛えて戻ってきたそれに、気のせいだったかと思った次の瞬間、腰を抱え上げられてゆっくり小山内が入って来た。恭巳は懸命に腕を伸ばして小山内の背に掴まった。汗でヌルヌルしているそこは指で縋ってもすぐに滑りそうになって、いつの間にか爪を立てていた。

脚を広げ、小山内を受け入れやすいようにその部分の力を抜くように努め、恭巳は自分のすべてで小山内を受け止めた。

「……あ、あ、あぁ」

最後まで収めきって腰が密着したとき、恭巳は大きく息を吐いて、小山内の大きさに馴染もうとした。内部を緩めようと努める。小山内も、加減を計るように小刻みに腰を揺らすだけで、待ってくれた。狭い空洞が少しずつ小山内の大きさに慣れ、やがて周囲の襞が、昂りを味わい始める。繊細な襞がまるで自らの意志のように、小山内自身を包み込み蠕動し、絡みついていく。

「動くぞ」

先に堪えきれなくなったのは小山内のほうで、恭巳の耳元で宣言すると同時に、ゆっくりした抜き差しを始めた。引いていくときは、身体の内側が引っ張られてそのまま内蔵が引きずり出されそうなくらいきつく、襞がまとわりついていく。そして、半ばまで引き出されてぽっかり空いた空洞は、締めつけるものを求めて怪しくざわめき、恭巳に声をあげさせてしまう。

「ほし、欲しい。もっと、奥、きて……あ、あ」

手も足も縋りついて、あられもない声で求めていく。それほどできてしまった空洞の虚ろさに堪えられないのだ。

ずんと奥を突かれると、歓喜の迸《ほとばし》りを押さえきれず、恥も外聞もなく、快楽を与えてくれる小山内に求めねだってしまう。自分がこんな淫らな身体をしているとは思ったこともなかった。だが今は小山内の熱い身体に溶かされ、どこまで欲しがっても許され与えられて、ますます高みを望む貪欲な肢体に変えられてしまった。

指がスルスルと伸びてきて、胸の突起を虐《いじ》められる。今夜は初めて触られるというのに、感じやすくなってた身体は、すでにそこも尖らせて、じんじん疼かせていた。

「ああ、いい……」

うっとりとした声が漏れる。もう自分でも何を言っているのかわからない。恥ずかしさもどこかへ行ってしまった。

何度も揺さぶられ、欲しがって唇を突き出せば貪るように吸いつかれ、上も下も小山内に満たされて、恭巳は絶頂に駆け上がった。

「あああっ、イく……っ、イっちゃう……っ」

腰を振り立て、背中を仰け反らせて、小山内に縋りつく。息を切らせて上り詰めたあとに、天空にふわりと投げ出されたような心地よさが訪れる。柔らかな羽毛にくるまれて、長い忘我の境地をフワフワと漂っていった。

恭巳が弾けた瞬間、強い締めつけでイきかけた小山内は、すんでのところで踏み留まり、放り上げられた悦楽の果てを漂う恭巳を、再び地上に引きずり下ろした。

「…あ、なに……?」

腰の奥を強く突かれ、背筋に走ったピリピリした感触で、恭巳は我に返った。まだ全身が絶頂の余韻で震えているというのに、小山内はそれにはかまわず最初からすさまじい勢いで突き入れてくる。

「ま……っ、待って」

声を上げすぎて、掠れた喉で懸命に訴える。もう少しゆっくり、と。しかし、恭巳の痴態に煽られた小山内もすでに限界にきていた。達したときの締めつけを堪えるのがやっとだった小山内は、今度は一緒にイこうと、達した余韻で震えていた恭巳の身体をさらなる高みに導いていく。

「やぁ、そんな……っ、むり…」

感じすぎて潤んだ瞳から零れ落ちる涙を舌ですくって、その間も恭巳の奥を擦り上げる力は緩めずに、今度はゆっくりではなく、瞬くうちに二度目の波の頂上に押し上げる。中の弱い部分を集中的に攻められると、達して萎えたはずの恭巳自身もあっという間に復活を遂げ、小山内の動きで腹部に挟まれめちゃくちゃに擦られて、白濁を搾り取られた。前で達するのと同時に奥でも極めて、一瞬気が遠くなった。

「恭巳、恭巳」

何度も優しく頬を撫でられて、ほうっと長い息を吐き、恭巳はようやく現実世界に戻ってきた。

「よかった」

涙で滲んだ瞳を開いたとき、小山内もほっとしたように表情を緩めた。

「やりすぎたかと、心配したぞ」

額に、頬に、唇の脇に、降ってくる小さなキスがくすぐったかった。

「小山内さん、もうっ」

嫌だと顔を背けると、そうっと回された腕で胸の中に抱き込まれた。あちこちヒリヒリするのは、夢中になっているときに小山内に噛まれでもしたのだろう。畳に擦れていた背中は、まだシャツに覆われていたからそれほどでもないけれど。節操なく吐き出した白濁で、自分の胸も腹もねばねばしている。小山内はそんなことなどおかまいなく抱き締めてきて、自分も腕を回して寄り添った。

乱調子だった鼓動が落ち着き、穏やかな速度に変わった小山内の心音を聞いていると、このままずっと一緒にいられたらと願ってしまう。嫁、は無理としても、パートナーとして生活をともにしていきたい。

汗ばんだ身体から熱が引き、べたついた身体をバスルームで流したあと部屋に戻ると、食卓の上ではせっかくの恭巳の手作り親子丼が冷えてしまっていた。電子レンジで温め直して食べ終えたが、性欲は食欲を凌駕《りょうが》すると、どこかで聞いたようなフレーズがふっと浮かんできて、羞恥で項が赤らんだ。恋に溺れているという自覚はあるのだ。

小山内さんは？　と気にして横目で見ると、食べながら難しい問題を考えているみたいに眉を顰めている。今の今まで甘い瞳で恭巳を蕩けさせていた雰囲気などかけらもない厳しい表情に、急に不安に襲われて、思わず声をかけていた。

「……小山内さん？」

呼ばれてすっと流された視線のあまりの冷たさに、恭巳の手が止まってしまう。恭巳の存在をまるで憎んででもいるかのような。

「……っ」

脅えたように身体を震わせた恭巳に、小山内がパッと表情を変えた。いつもの爽やかで優しい笑顔に。しかし恭巳はほっとするどころか、心の奥に氷の塊を抱え込んだような悪寒を覚えた。幸せなひとときのはずなのに、なんで心が重くなっていくのか、恭巳自身にもわからなくて、ただそれを気取られたくないと懸命に笑顔を浮かべてみせる。

「温め直した親子丼、おいしくないよね」

「いや、だしがきいているせいか、まだまだいけるぞ」

「だったら、どうしてそんな……」

苦虫を噛み潰したような顔で食べているのか、と続けようとして言葉を飲み込んだ。その先に踏み込んだら、知りたくないことまで聞いてしまいそうで、

「なら、いいけど」

と言葉を濁していた。

食事の片付けをし、代わる代わる風呂にも入って、改めてソファベッドで小山内の腕の中に抱き締められて横たわった。いつも安心して潜り込んでいた彼の懐は、今日も暖かく、微かに漂う小山内自身の体臭に包まれていると、恭巳の中に渦巻いていた妙な不安もようやく消えていった。

だが、健やかな寝息をたてて眠りに落ちた恭巳を、大切なものを抱くようにしっかり抱え込んでいながら、小山内自身は目を見開いて、闇を凝視し続けていた。

「恭巳、今日は午後から大学か？」

数日後、のんびり朝の家事を片付けていた恭巳に、小山内が声をかけた。

「うん、そう。この間のデータの整理をするだけだから。授業はないんだ。小山内さんは？」

「俺も午後から会社に呼ばれているから」

「あ、じゃあ、一緒に出る？」

「そうだな。早めに出て、安い学食で昼を食べるか」

「昼、作るよ？」

洗濯物を干していた手を止めて、恭巳が振り向いた。

「俺は、デート、のつもりで言ったんだが」

それへ、小山内が笑いながら返す。

「デート？」

「お互い忙しくて、どこにも行っていないだろう？　普通の恋人同士なら、もっと映画に行くとか、ドライブに行くとか」

「……だって、余裕、ないし。車だって」

気まずそうに顔を背けると、立ち上がった小山内がベランダにいる恭巳の側までやってきた。

「それくらいはあるって言っているだろう？　車だってレンタカーを借りればいいんだし。たまには外で落ち合いたいと誘っても、恭巳がうんと言わないから」

「でも、これ以上は……」

生活費を出してもらっているという自覚があるから、どうしても甘えられないのだ。というより、恭巳の感覚では、十分甘えていると思っている。入院している父親の見舞いに行くように言われて、もう大丈夫なのだから行かないと言い張る恭巳に、小山内は新幹線の回数券を押しつけてきた。

「親というのは、口でいいと言っていても、心の奥では子供が来てくれるのを待っているものだよ」

そんなふうに諭されて、一回目のチケットをこの週末に使うことを約束させられた。一事が万事そんな状態で、いくら恋人でも心苦しいばかりだ。でも、逆の立場で、もし小山内が何かで困っているのなら、自分にできることは何でもしてあげたいと恭巳も思うから、意地を張り切れない部分もある。

ふたりで電車に揺られて大学に着くと、ここは久しぶりだと小山内は懐かしそうにあちこちを見回しながら学食に向かった。混み始める時間帯の少し前だからゆっくり席も取れて、券売機で定食を選ぶとトレイを手にカウンターに並ぶ。

薄い空色の背広を着た小山内は、ここでもひどく目立っていた。もともとどんな場所でも人目を惹きつけてやまないオーラのある男だが、学生ばかりの空間に身を置くと、着ている背広がやけにしっくり似合っていて、貫禄が違う。どこかのエリートビジネスマンが紛れ込んだような印象だ。ポロシャツにジーンズ姿で側に立つ恭巳は、周囲から小山内に向けられる視線に、誇らしいような、自分のものだから勝手に見るなとシャットアウトしたいような、微妙な感情で揺れていた。

「そんな目で見てると、このまま物陰に連れ込んでキスするぞ」

座って食べている途中で、急に顔を近づけてきた小山内に囁かれて、恭巳は思わず身を引いてしまった。

「な、なに、言って……」

「自覚、ないのか？」

言われると、俯いて口ごもってしまう。ない、こともないから。家ではくつろいだ部屋着か、せいぜいでもシャツにスラックス姿だから、きっちりネクタイを締め背広を着込んだ姿には、どうしても見惚れてしまうのだ。それも身体に合わせて仕立てた質のよい背広だから、本当に小山内に似合っていて惚れ惚れする。

「仕方ないじゃん、かっこいいんだもの」と赤くなって俯いたまま、口の中でぼそぼそと言い訳する。

「それは、光栄だけどな。俺の野蛮な本性を引きずり出してしまう前に、やめておいたほうがいいぞ、その誘う目は」

「もう……っ」

誘ってないってば、と恭巳は拗ねてみせる。

「そうだ。来たついでに、君の研究室を覗いてもいいかな。それとも部外者はだめ？」

膨れた恭巳の頬をツンと突いて、小山内がうまく話題を逸らす。

「……だめなことはないけど」

「ずっと文系だったから、理系の研究室とか興味があるんだ。ついでに恭巳の白衣姿も見たい」

「別に、変わんないよ？　いつものオレと」

首を傾げながら恭巳は、本当に不思議そうに答える。自分の魅力をまるで意識していないその自然な動きが、逆に周りの目を惹きつけているのだとは、まったく気がついていない。チラチラとこの一角を見ているひとたちが、小山内目当てだけではないと、教えるつもりはないが。

食器を返したあと、恭巳は小山内の先に立って自分の所属する研究室のある棟に向かった。

「セキュリティはきちんとしているんだな」

カードキーを使って部屋に入った恭巳に、小山内が感心したように言った。

「高価な機械もあるからね。昨日ちゃんと申請して、預かってきた」

室内にある用途のわからないさまざまな機械群を、小山内は興味深そうに眺め回していた。

隣へ通じるドアもあり、覗いてみるとこちらより少し狭い部屋に、何台ものパソコンがずらりと並んでいる。

「白衣は？」

一通り眺めたあとで、小山内が悪戯っぽく尋ねる。

「小山内さん、まさか、本気で？」

呆れたように言いながらも、こっちと、恭巳は部屋を出た。

「青木君、ちょうどよかった。例の……」

通路を入り口に近いところまで戻りかけて、ふいに呼び止められた恭巳が振り向くと、白衣姿の石丸が階段を下りてきたところだった。不審そうに言葉を止めて小山内を見ている。

「あ、すみません。オレの友達なんですが、研究室を見てみたいというので」

「君が一緒なら、間違いはないだろうが、それにしても」

言いかけて、ぶしつけな視線を小山内に向ける。確かに背広姿の小山内は、とても学生には見えず、恭巳の友達というには無理がある。

「いけなかったでしょうか？」

「ああ、いやいや、かまわんよ。あとで、手が空いたらわたしのところへ来てくれたまえ」

手を振って、立ち止まっていた時間がもったいないというように忙しそうに、教授室へ戻って行った。

「……恭巳、まずかったんじゃないか？」

じっと見ていたというより、疑いの眼差しでジロジロ眺められていた気がする。

「うーん。教授、ちょっと機嫌が悪かったかも。前にも友達がここまで迎えに来たことがあるけれど、そのときはコーヒー奢ってくれたし。別に装置に触れたりとかしなければ、いけないとは言われなかったけれどな」

恭巳も教授の態度に戸惑っている。「どうしよう」と見上げてくるので、ポンと肩を叩いて出口を指さした。

「恭巳の白衣姿を見られなかったのは残念だが、今日のところは引き上げることにするよ。君の指導教授の機嫌を損ねては、元も子もないからな」

「……ごめんね」

バツが悪そうに謝る恭巳に、「気にするな」と小山内が笑う。

「じゃあな。しっかり教授のご機嫌を取っておけよ」

冗談のように言いながら、その場で別れて棟を出ていった小山内は、しかし、恭巳に背を向けると同時に眉間に皺を寄せて厳しい表情に変わっていた。

石丸という教授は、もしかしたら自分を知っているかもしれない。過去に、経済誌などで『芙蓉電機グループの御曹司』などという特集が組まれたことがあり、写真が載ったこともある。恭巳によれば、教授は各社のアプローチに神経質になっているとのことだから、当然あれこれ情報を集めているだろう。とすれば、その中に自分の記事があってもおかしくはない。

それにもうひとつ気になるのは、教授が恭巳を見る視線だ。

まさか、恭巳自身を狙っているんじゃないだろうな。

気になりだすと、思わず立ち止まっていた。引き返して確かめようかと迷いながら、小山内は出てきた研究棟を見上げた。ふいに胸元の携帯電話が鳴る。発信者を確かめると、周防である。ちっと舌打ちして、通話ボタンを押して用件を聞いた。

「車でお待ちしています」

説明も何もなく、それだけ告げて切れてしまう。すでにタイムリミットだと言いたいわけだ。もともと午後一番の予定をずらしてここに来た。折悪しく教授が現れたために、なんの収穫も得られなかったし、その日のスケジュールをすでにかなり狂わせているのは重々承知している小山内は、もう一度未練げに研究棟をチラリと見てから、出口に向かって歩き始めた。

門のすぐ外側に立っていた周防が、小山内の姿にほっとしたようすを見せる。先に立って案内する周防についていき、ひとつ角を過ぎた目立たないところに停まっていた黒塗りの高級車に乗り込んだ。後部座席に小山内が腰を下ろすのを待ってから、周防も助手席に座り、車は滑らかに発進していった。

芙蓉電機の本社ビルは、海岸沿いに開発された地区に、新しく立てられたモダンな高層ビルだ。周囲を圧するように高くそびえ立ち、芙蓉の名を無言で宣伝している。その最上階に並ぶ重役室に、小山内はすでに個室を持っていた。代表権のない取締役も兼務している。

家具だけは重厚で落ち着いたものを揃えてあるが、それ以外はあっさりしたごくシンプルな部屋が、小山内の執務室である。ここしばらく不在だったが、部屋は綺麗に整頓されて主の訪れを待っていた。

両袖机のすぐ脇に立って、周防がこれからの予定を読み上げる。

「このあと、まず社長のもとへお願いします。十分ほど予定を開けてあります。それから……」

「ちょっと待て、周防。その前に、二、三手配しておいてくれないか。いつも使う事務所に、石丸教授のことを調べさせてくれ。これまでの表面的なやつでなく、隅々までほじくり出す徹底的なやつを。弱みがあれば、握っておきたい」

「何か、ありましたか?」

「特許権の出願を、ひどく難しいように恭巳に吹き込んでいる。実際は、手間はかかるが、さほど高いハードルではないというのに。何かきな臭いものを感じる。それと、さっき偶然彼と出くわしたのだが、もしかすると俺を知っているかもしれない。そうなるとまずい……」

それだけで、周防にも小山内が抱いている懸念が理解できた。

「わかりました、そのように」

チラリと時計を見た小山内は、

「時間がありませんので、先に社長室へお願いします。戻られ次第、次の予定をご説明します。それと夜は料亭を予約しておりますので」

「接待の相手は誰だ」

小山内の問いに周防は、ある役人の名前を挙げる。小山内が口説き落として、手駒にしたひとりだ。所属省内で新たに発生した情報をもたらしてくれるのだろう。

「わかった」

促されて、小山内が立ち上がる。父親の部屋に向かいながら、周防に確かめた。

「遅れている予定をさらに遅らせるのは、よほどの用件なのか？　それともいつものように、大学に通うのは時間の無駄だと俺を説得するためか？」

うんざりだという響きを滲ませた小山内の言葉に、周防がうっかり笑みを浮かべる。この親子は、互いに力量は認め合っていながら、舌鋒の限りを尽くして相手を屈服させようと競い合う、まさに似たもの親子なのである。

「三島弁護士が、逮捕されました」

「何!?」

「そのお話だと思います」

「三島が。そうか」

感慨深げに呟きながら、周防が開けたドアから社長室に入る。

部屋の奥の執務机の前に、小山内にそのまま年を取らせたような貫禄のある男が座っていた。自分によく似たふてぶてしい表情の息子が入ってくるのを、じっと見守っている。

「三島が逮捕されたそうですね」

勧められるのを待たずにひとり用の肘掛け椅子に腰を下ろし、父親に尋ねる。

「ああ。もうすぐ日本に強制送還されてくる」

「ようやく、ですか。またマスコミがうるさいでしょうね」

事件は発覚当時、新聞雑誌にさんざん書き立てられたスキャンダルだ。ブランドイメージも、相当なダメージを被っている。

「対策は広報室に指示してあるが。あの長い年月、無駄に顧問料を取られていたのかと思うと、今でも腸が煮えくり返る」

「あなたにひとを見る目がなかったということですね」

「顕光…」

つけつけ言われて、顔を顰めて息子を睨む。

「事実でしょう？　複数の弁護士を雇うべきだと進言したのに、聞かなかったのはあなただ」

巨大企業グループをその手に握る、迫力ある眼光に臆することなく、小山内はさらに傷口を抉《えぐ》るようなことを言う。

「ああ、確かにな。三島を信用しきっていたのはわたしだ。そういう意味では、責任はわたしにあるだろうよ。しかし」

これからが本番だというように、視線を小山内に据えて重々しくあとを続ける。

「すでに三島の件は片づいたし、複数の弁護士を会社に入れたからには、もうおまえも茶番劇をやめて帰ってきてもいいんじゃないか」

「またその話ですか。いい加減に諦めたらどうですか。最初から二年だけだからと断ってあるはずですよ。たった二年くらい、俺がいなくてもいいでしょう？　話がそれなら…」

手を振って父親の言葉を押し留め、立ち上がって出て行こうとする。

「顕光」

ドアに手をかけた小山内を、鋭い声が呼び止める。

「これは、上司としてではなく、親として聞きたい。青木恭巳君はおまえのなんだね」

ノブを握ったまま、小山内の動きが止まった。周防から詳細な報告が行ったのか、あるいは、別の情報源を握っているのか。この食えないオヤジなら、実の息子の弱みを掴んで利用することくらい、平気でやりそう。

「彼は、宝の箱をその手に握っている青年です」

そう、自分にとっても、それだけの存在のはずだ。放したくないと思うのは、彼が手にしている超微細シリコンの組成技術のためだし、もし自分のもとを逃げ出すなら閉じ込めてしまおうとまで考えたのは、それをみすみす他人に奪われてしまうのを恐れるからだ。決して、恭巳自身に気持ちが傾いて、彼を手中にするであろう架空の相手に嫉妬したせいなどではない。

振り向かないままに言い捨てて、小山内は社長室を出た。

午後の残りを社内で過ごし、予定されていた来客に会い、溜まっていた書類仕事を片付けた。

実務はすべて次長に権限を委譲しているが、最終的に小山内が断を下す必要のある案件がいくつかあった。

調査室の次は、海外事業部に回したいと、父親から言われている。海外との取り引きを一手に握る部署だ。現在学んでいる国内の法律知識が、さして役に立たない部署を考えるとは、さすが自分の父親だと苦笑する。無駄な時間を大学で過ごすのをやめて、一刻も早く実務に戻れと言っているのが丸わかりだ。考えてみれば、机上で学ぶより実際にやって慣れろが、昔からの父親のやり方だった。

料亭の予約時間が迫り、小山内は周防とともに会社をあとにする。正面玄関で、駐車場から回されてくる社用車を待っているとき、道路の反対側をふと眺めた小山内は、そこに恭巳の姿を見い出して息を飲んだ。

「……恭巳？」

呟いた小山内の声に、周防もハッと顔を上げる。

「どこに……」

小山内の視線を追って道路の向こうを見るが、もうそこには恭巳らしい人影はなかった。

「恭巳に尾行はつけているはずだな」

「はい」

返事をしながら、周防は素早く携帯を取り出している。車が目の前に停まって、運転手がドアを開けて待っているが、小山内は周防が電話を終えるのを黙って見ていた。

もしあれが恭巳なら、正体がばれたことになる。チラリと見ただけだが、まさか自分が恭巳の姿を見間違えるはずがないとも思う。だとしたら……。

小山内は苛立たしげに唇を噛んだ。彼はどんな気持ちで、会社の前に立つ自分を見たのだろうか。愛していると告げた男の正体を知って、騙されたと思っただろうか。

恭巳が感じただろう苦痛を思って、小山内の心も軋みをあげる。

「顕光様、見間違いをされたのではありませんか？　青木さんは、大学から一歩も出ていないそうですよ」

「何!?」

携帯を閉じながらの周防の言葉に、どういうことだと混乱した。報告によると、恭巳は例の研究棟に入ったままで、今現在もそこにいるという。

「しかし、俺が恭巳を見間違うはずが……」

「もしかして、罪悪感で幻を見られたのではありませんか？」

「罪悪感だと！　なぜそんなものを俺が感じなければならないのだ」

「さあ。なぜでしょうね」

小山内の激昂した声を軽く受け流し、勘違いだとわかったのですから、もうよろしいでしょ

う と周防に促され、小山内はしぶしぶ車に乗り込んだ。

「申し訳ありませんが、今夜の席はキャンセルできませんからね」

車を大学へ回せと言いだす前に、周防に先手を打たれた。

「すでに一度こちらの都合で日延べしていますから、先様も不信感を持っておられます。これでもう一度キャンセルするようですと、この情報源はこれきりになるでしょう」

半ば脅すように言う周防に気圧されたわけではないが、小山内は予約された料亭での会席に臨んだ。それは、知りたくない真実を後回しにしたいという、無意識の願望が促した行動だったのかもしれない。報告がどうあろうとも、小山内自身自分が恭巳を見間違いするなどあり得ないとわかっているのだから。

会席後、いつも接待に使う高級クラブに相手を連れて行った。内心の焦燥を微塵も窺わせない爽やかな好青年をここでも演じきって、新たに建設される省庁ビルの電気設備関係の詳細を、秘密裏に入手して接待は終わった。頃合いを見て、クラブのホステスたちに残りの場つなぎを頼み引き上げていく。あまり長居をしては、かえって無粋になる。そういう機微も、場数を踏むうちに覚えてきた。

ようやく一日が終わり、さすがに小山内も疲れを覚えた。恭巳に関しては、その後も細切れに報告が届いていて、夜になって大学を出た恭巳が、今現在は帰宅していることまでは把握している。

だが、そのどこかで、恭巳は芙蓉の本社ビルにきて小山内を見たはずなのだ。今彼がアパートでひとり、何を考えているか。

帰って確かめたくもあり、このまま永遠に避け続けたくもある。

息苦しくなって、小山内は無意識のうちにネクタイを緩めていた。

アパートの少し手前で、小山内は車を降りた。「お疲れ様でした」と頭を下げて見送る周防に鷹揚《おうよう》に頷いてから、道路を渡っていく。見上げた先に、自分の部屋の明かりが見えた。

あそこに恭巳がいる。

小山内は、一度コクリと喉を鳴らすと、内心の葛藤をすっと消し去って、穏やかな表情を作り残りの距離を歩いていった。

「ただいま、恭巳」

いつもどおりに声をかけて、玄関を閉める。施錠するカチリという音が、やけに耳に残った。

靴を脱いで、恭巳の姿を目で捜す。ソファと壁の僅かな隙間に、膝を抱えた恭巳が蹲っていた。

「どうしたんだ、恭巳」

心配そうに声をかけて近寄り、肩に手を置こうとすると、

「触るな！」

乱暴な声で拒絶される。

「おやおや、機嫌が悪いんだな。何かあったのか？」

制止にかまわず、そのまま差し伸べた手で二の腕を掴んだ。

「こっちに出ておいで」

「放せ、放せってば！」

腕にかかった指を反対側の手で振り払おうとして、恭巳は夢中で爪を立てた。ガリッと引っ掻いた感触に、恭巳が、ハッと顔を上げる。

泣いてなかったか。

小山内はほっと胸を撫で下ろす。強張ってはいるが、目元は赤くなっていない。恭巳の涙は、悦楽の果てに流す恍惚のそれだけでいい。

手の甲に走ったみみず腫れからじわりと血が滲んでいた。自分のしたことに慌てている恭巳をチラリと見る。

「あ、それ！　……やば…っ」

腰を浮かしかけて、小山内に肩を押さえられる。

「大丈夫だ。これくらいなめときゃ治る」

ペロリと自分の手を舐めながら、思わせぶりにこっちへ流してくる視線に、小山内の指を夢中になって舐めた記憶が蘇ったのか、僅かに恭巳の顔が赤くなる。が同時に、なぜ自分がこんなところに膝を抱えて座っていたかも思い出したらしい。慌てていた顔が頑なものになり、小山内から顔を背けてもう一度座り直した。

覗き込もうとする視線から、執拗に顔を背け続ける恭巳に、小山内が吐息を零す。一度恭巳から離れて上着を脱ぐと、ソファの上に放り投げ、ネクタイを抜いてから、改めて側に膝をついた。目の前に座られると、閉じ込められたようになって、恭巳は目の前の小山内に触れまいと、いっそう身体を縮こまらせた。

「さて、お互い黙りんぼでは、話は進まない。言いたいことがあるなら、言ってごらん」

「言いたいのは、オレじゃなくて、小山内さんのほうにあるんだろ？」

あまりにも白々しい言葉に、初めて恭巳が正面から睨みつけてきた。

「俺が、何を？」

あくまでもとぼける小山内に、カッと怒りが込み上げたのだろう。

「あんたが何者かだよ！　オレに釈明する義務があるだろうって言ってんの！」

「釈明……、どうして？」

「……っ！」

激情を抑えられなくなって、恭巳が闇雲に手を伸ばし、小山内のシャツの襟元を掴んだ。

「芙蓉電機と、あんたの関係！　最初から、オレを騙していたんだろ！　手の中で弄んで、さぞや面白かっただろうよ！」

「弄んだつもりはない」

思いがけない真実を知らされて、深く傷ついた恭巳が喚き立てるのに、受ける小山内はあくまでも落ち着いていた。

「俺と芙蓉電機のこと、話したのは、石丸教授か?」

「やっぱり、関係があるんじゃないか!」

「そうだね」

激昂する恭巳にはかまわず、小山内は、胸元を掴み上げた恭巳の手を愛おしそうに撫でた。

まるで電気に触れたかのようにビクッと竦んだ恭巳が、急いで引こうとした指を、そのままギュッと握り締めてくる。

「放せ、放せってば…っ」

「つれないなあ」

引き抜こうとする指を放さずに、小山内はそっと唇を近づける。

「こんなに、愛しているのに」

胸が、鋭い刃物で刺されたように痛んだ。精一杯顔を背けたのに、追いかけてきた小山内はやすやすと唇を奪ってしまう。気がつくと、両腕とも捕らえられて狭い隙間から引き出され、身悶えしてキスから逃れようとしても、力づくでその場に押し倒された。

「んっ、んんん……」

ぴったり合わさった隙間から、小山内は舌を滑り込ませようとし、恭巳は拒もうとする。歯を食いしばってあくまでも抵抗する恭巳に、小山内が不意に攻め方を変えた。今度は無理に歯列を割ろうとはせず、唇の表面に舌を這わせ突つき、ギュッと閉じたままのそれを軽く甘噛みし。

「ふっ、ぅん」

眉をきつく寄せて、恭巳は甘美な攻めに堪える。力ずくで来られれば抵抗のしようもあるものを、小山内に悦楽を教え込まれた身体は、キスひとつでぐずぐずに溶かされていく。触られてもいないのに、胸がキュッと引き絞られ尖ってきたのがわかるし、のし掛かられた身体の重みを心地よいものと捉えて、全身がビクビクと官能の予感で震えている。緩やかに股間に熱が集まり始める感覚に、恭巳は嫌だと懸命に首を振って小山内を拒んだ。

「違う、こんなのは、ちが……」

だが口を開いたのが運の尽きだった。それを待っていた小山内に深く入り込まれて舌を捕らえられる。歯で押さえ込まれて、先端の敏感なところを舐められたり吸われたり。そのたびに腰が跳ねる。背筋を伝った電流が正直な快感を伝えていくせいだ。

両脇で押さえられていた腕が、頭上でひとまとめにされ、柔らかなものが手首に巻きついてきた。唇を囚われたまま、首を捩って懸命に視線を向けると、ネクタイだった。

「う、ううっ」

嫌だと言いたいのに、途端に強く舌を噛まれて、言葉にならない。おそらく絹でできているだろう、しなやかな手触りのそれが恭巳の両手首を縛め、ソファに括りつけられた。恭巳を押さえつけるために使っていた両手を、ようやく自由に動かせるようになった小山内は、乗り上げたまま上半身を起こし、今や身動きできない姿になった自分の獲物に満足そうな笑みを見せた。

縛られた手首をなんとかして解こうともがきながら、屈辱と怒りと、そして悲しみを湛えた目で、恭巳が下から睨み上げる。暴れたせいで乱れかかる恭巳の前髪を掻き上げる小山内の指は、ここまでの暴挙が嘘のように、とても優しい。また胸をギュッと掴まれたような痛みが走り、恭巳は苦しそうに喘いだ。

石丸教授から、信じられない話を聞いたのは、小山内を見送ってすぐのことだった。深刻な表情で教授室へ呼ばれ、「知っているのかね」と尋ねられた。

業界最大手の芙蓉電機グループの御曹司だったなんて。

自分に近づいたのは、ただ、超微細シリコンを手に入れるためだったなんて。

屈辱で唇を強く噛み、「信じられない」と首を振った。そんな恭巳を、教授は同情混じりの目で見たあと、「確かめておいで」と送り出してくれたのだ。もしかして見張りがついているといけないからと、茫然としたままの恭巳に往復のタクシー代を握らせて人けのない予備室の窓から抜けさせてくれた。

そして、信じたくない恭巳に小山内は現実を突きつけてきた。

部下らしい男を後ろに従え、堂々とした足取りで芙蓉電機の正面玄関を歩いてくる彼。ちょっと立ち止まって振り向き、当然のように指示を与えている姿。道路の反対側にいた恭巳は、半ば諦めの気持ちで、ヤングエグゼクティブの見本のような彼を見つめていた。教授の言葉を聞いたときから、本当はわかっていたのかもしれない。認めたくなくて、足掻くようにしてここまでやってきたけれど。

騙されたとわかっても、小山内への気持ちがすぐに冷めるわけではなく、ただ、喉が締めつけられるように痛んで、息ができなくなった。掌で口元を覆い、噴き出してきそうな嗚咽を堪える。

悄然として引き返してきた恭巳に、教授はひとつの提案をしてきた。このまま彼の会社に入るのならそれでもいいが、小山内から離れたいと恭巳自身が望むなら、別の道もあると。差し出された書類は、超微細シリコンに関する権限の委任に関する契約書で、別の書面には、院への進学願い、そしてその後は石丸の助手として大学に残るという誓約書。

この時期に院へ進学する進路を選べるのかと驚いた恭巳に、教授の権限は、大学の規定に優先すると石丸はきっぱり答えたのだ。

恭巳は差し出されたペンを、震える手で受け取った。そして……。

自由になった手を、小山内は自在に活用していた。薄いシャツはすでに開かれ、身体に残されたバラ色の痕に目を細めながら指を伸ばしてくる。すでにツンと突き出した可愛らしい乳首を弄り、痛みを感じるほど尖らせて恭巳を呻かせた。両腕を拘束されているから、シャツを脱がせることはできなかったものの、身体を弄る邪魔にならない程度に捲り上げて、指のあとは唇と舌で、恭巳の弱いところを集中的に攻めてくる。

どこが感じるのか、すべて小山内に知られている、というより、彼によって開発された身体だ。いいように啼かされ、声を我慢しようと唇を噛んでも、すぐに指を突っ込まれて開かれてしまう。敏感になりすぎて、もう触られると痛いほどの胸の突起を、今度は口でちゅくちゅくと吸われた。

「ん、ぁあ……あ」

思わず大きな声を上げてしまい、声と一緒に腰も跳ねた。ジーンズで押さえつけられたその部分が、苦しいほどに勃ち上がっている。息を詰めて仰け反ったあと小山内が唇を離すと、ガクッと背中が下に落ちて、ハアハアと喘ぐ苦しそうな息づかいが続く。

「こ、こんなこと…しても……っ」

ようやく、言葉を押し出した恭巳は、ひどく感じたあとのように潤みきった瞳で小山内を睨んだ。気力だけで睨み上げた視線は、しかし逆に小山内の裡に潜む嗜虐性を引き出した。薄笑いを浮かべたままウエストから忍び込んだ指に、勃ち上がった股間を掴まれてしまうとあとはもうなし崩しだった。一緒に気力も萎えてしまう。

「や、やめ……っ」

すでに硬くなっている部分を、ゆっくりと手で愛撫された。衣服に包まれたそれは、かなり窮屈で、痛みさえ訴えていたところを嬲られるのだから堪らない。涙の浮いた瞳を見開き、頭上で縛められた指をぎゅっと握り締め、じわじわと高められる快感に戦慄《おのの》く声を上げながら身を捩る。

「何を言っても、ここは正直だな。もう蜜を溢れさせて、俺の手がいいと訴えている」

それまで無言で恭巳の痴態を眺めながらことを進めてきた小山内が、初めて口を開いた。愛していると、言葉を惜しまず浴びせられながら情を交わすことに慣れていた恭巳は、無言のまま行われる行為にもひどく傷ついていたのだが、口を開いた途端に浴びせられたこの言葉にはもっと傷ついた。これなら黙ってされていたほうがどれだけましだったたか。

「こんなこと、もう無駄だって……、あぅ」

言いかけてきゅっと握られて息が詰まった。全身を走り抜けた快感に、言葉も失う。

「イかせて、と可愛らしく頼んだら、イかせてやってもいいぞ」

優しく囁かれる。高めるだけ高めて、言葉でねだれと強要されたことは、これまでもある。でもそのときは、小山内の愛しそうな瞳に包まれて、自分からも腰を擦り寄せて甘えるのになんの躊躇いもなかった。恭巳が欲しいと訴えると、小山内はますます甘く蕩けそうな視線を向けてきて、かき抱いてはところかまわず唇を押し当ててきたものだ。

だが、今の優しさは、残酷に恭巳を嬲る罠でしかない。乱されているのは自分だけで、小山内は涼しそうな顔をして、イきたいと訴えた恭巳を嘲笑《あざわら》うつもりなのだろう。

伏せた視線の先で、一瞬反抗の火花が散った。恭巳はぎゅっと唇を噛み締める。

「恭巳、強情は、自分を苦しめるだけだぞ」

言わないなら、言わせてやろうと、小山内は手が動かしやすいようにウエストを緩め、ファスナーを下ろした。下着をずらして、昂った恭巳自身を露出させる。中途半端に開かれたそこが、よりいやらしく見えることを知った上でのやり方だ。事実、見るまいと思っても目に入った自分の痴態に、恭巳は全身を震わせる。

小山内の愛撫を拒否しているはずの自分が、なぜ気持ちよさそうに硬くなって、我慢できずに先端に滴を浮かべているのか。開かれた胸では、時々ピンと弾かれる刺激を待ちわびて、赤い突起が物欲しそうに突っ立っている。そして、そこここに残されていた薄赤い愛撫の痕は、さらに色を付け直されて、みだりがましく恭巳の身体を彩っていた。

恭巳を屈服させようと一番の弱みを擦り立てていた小山内は、イきたくて堪らずに全身にうっすら汗を浮かべているくせに、さらにきつく言葉を噛み殺している恭巳に次第に焦れてきた。これまでの素直で可愛い恭巳しか記憶にない小山内は、裡に秘めていた彼の意志の強さに、微かに不安を覚える。自分は、恭巳の扱いを間違えたのだろうか。そんなことを考えると、周防の忠告まで思い出された。

――反発を招き、ライバル社に攫われてしまう。

ばかな!

強く首を振って否定し、湧いてきた苛立ちのまま、ますます恭巳を追い詰めていく。

「イきたくないというなら、そうしてあげよう」

小山内はポケットからハンカチを取り出すと、恭巳の昂りの根本に巻きつけた。そのまま「痛いっ」と思わず声を上げたほど力を入れて結び目を作る。

「これで、君の願いどおりになったね」

わざとらしい優しさで、小山内が笑いかける。恭巳は唇を震わせて彼を見上げるばかりだ。

「さて、なかなか素敵なこの場面を記録に残しておこうかな」

「な、なに……?」

携帯を取り出して、カメラを向けてくる。

「いやっ!」

精一杯顔を背けるが、小山内は一向にかまわずに、あちこちからシャッター音を響かせる。

「うん、なかなかいい。見てみるか?」

映した映像を目の前に突きつけられる。恭巳は硬く目を閉じて見まいとした。

「ほんと、強情だ。君がこんなだとは、思わなかったよ。いつだって、素直で可愛くて、俺の言いなりだった恭巳は、どこに消えたんだろうね」

あんまりな言い分に、怒鳴りつけようとカッと目を見開いた先に、携帯の画面が待っていた。

「ひ…っ」

自分の局部をこんなアップでまじまじ見せられるなんて、初めてだ。正面から、横から、斜め上から、次々に映像を切り替えて、これでもかと自分の淫らさを突きつけられる。先端を物欲しげに小さく開いて滴を溢れさせているそれ。イかないように根本にハンカチを巻きつけられているそれが、紛れもなく恭巳自身の現実だ。

「ぁ、ぁ…」

そして全体の俯瞰像。上半身は裸の胸を晒し、下半身は、そこだけ露出させた、なんとも卑猥な映像。絶望的な思いで、一気に全身から力が抜けていく。裡に赤々と燃えていた反抗心も、潮が引くように萎えていった。

「……イかせて…」

呟きにも似た、小さな小さな声が零れ落ちたときが、恭巳が小山内にひれ伏した瞬間だった。小山内は満足そうに微笑むと、震える唇に優しくキスを落とし、昂りの根本を縛っていたハンカチを解いた。恭巳を解放に導くべく、幹を擦り上げる速度を次第に上げていき、空いている指で胸を弄ったり、感じるところを刺激することで、さらに快感を高めてやった。

「ああっ、あ、あ、イくっ！」

仰け反った恭巳が声をあげ、擦り上げた幹が一瞬膨らみを増す。同時に先端からどくっと白い蜜が溢れ出した。

「そうだ、いいよ。たくさん出して」

根本から絞り上げるようにして、すべてを吐き出させる。

恭巳の胸が激しく上下していた。脱力したように身体を投げ出したまま、目を閉ざし、息を喘がせる。小山内は、飛び散った蜜を一カ所に集めながら、そろそろと恭巳の足を開かせていった。

達した衝撃で意識も薄れているのか、恭巳は小山内にされるままに身体を撓《たわ》ませる。大きく開いて持ち上げると、恭巳の秘部がすべて小山内の前に露わになった。今はきつく閉ざされている後ろの蕾に指を這わせても、微かに腰が動いただけ。

集めた蜜を指に絡めながら、周辺を少しずつ揉み解していく。試しに窪みを指で押してみると、すんなり飲み込んでしまった。そこでの快楽を教え込まれた身体が、自然に小山内の指を受け入れて綻んだのだ。滑りを利用して何度も出し入れを繰り返し、くつろがせていくうちに、一度達して力をなくしていた恭巳自身が、また昂り始めた。

視線を向けると、恭巳は目を閉じたまま眉間に皺を寄せていた。小山内のしていることを感じてはいるのだろうが、達した余韻でまだ身体の感覚が鈍っているようだ。反抗するでもなく、といって協力するでもない。しかしおそらく、もう少し解して小山内自身を受け入れさせれば、またさっきのように夢中で腰を振って乱れてくるはずだ。

自分で開発した身体ではあるが、恭巳自身、感じやすい体質なのだと思う。身体で攻略して、芙蓉電機と契約させてしまえばいい、と小山内は思っていた。契約の前に正体がばれたのは痛かったが、それでもこうして身を委ねてくる恭巳に、サインさせるくらい簡単なことだ。そうすれば、そのあとは思う存分可愛がってやる。

三本の指が楽に入るようになると、恭巳もときおり熱い吐息を零すようになった。声にならない息だけのそれに、小山内はゾクゾクさせられる。

最初写真で見たときの「影が薄いな」という印象から、実物の溌剌とした、目を惹きつけてやまない存在感に驚かされた。さらに、こうした淫靡な付き合いでは、恭巳の印象はまた変わる。薄く開いた、朱に染まった唇。滑らかな陶器のような肌に散った愛撫の痕。感じるままに、淫らで艶やかな一面を惜しげもなく曝け出す。

この関係に引きずり込んだのは小山内だが、今では自分のほうがこの身体に引き込まれている。絶対に手放せない存在だとの自覚もないままに、色づかせ、味わい尽くす。

もういいだろうと、指を抜き、自らの昂りを取り出して押し当てる。待ちきれないと、はち切れんばかりに硬くなっているそれを、ゆるゆると恭巳の蕾に押しつけた。すると解されたその部分が、昂りを捕らえようと物欲しそうに口を開いていくのだ。腰に力を溜めて、そのまま押し入ろうとしたとき、恭巳の言葉が聞こえた。感じて昂っている身体の反応とは裏腹に、喘ぎと入り交じったその声は、やけに冷ややかに響いた。

「……小山内さん、…シリコン、は、教授に…、渡した、から……。もう、むだ…」

「何!?」

思いがけない台詞に、小山内の動きが止まる。見下ろした恭巳は、眦《まなじり》にはまだうっすらと涙を浮かべていたが、情欲に濁っていない澄んだ瞳には、小山内を拒絶する強い光が宿っていた。自らが放った白濁をその身に纏い、解された蕾は小山内自身を待って淫らに咲き綻び、愛撫を待つかのように胸の突起も尖らせながら、恭巳の本質的な部分は完全に小山内を拒んでいるのだ。

身体中から急速に力が失われていく。奈落の底に引きずり込まれていくような、得体の知れぬ感覚に、全身に悪寒が走った。目眩を誘うその無力感に歯を食いしばって抵抗し、怒りを掻き立てることでそれから逃れようとする。

恭巳が、俺より教授を選んだ、だと?

小山内を見上げていた瞳が、ふっと伏せられた。完全にこちらを拒んだように見えるその仕草に、小山内の奥深くから、憤怒が噴き上げてきた。

一度固く目を瞑ってカッと見開いたときには、小山内は、身体に広がりかけていた脱力感を吹き飛ばし、ふつふつと沸き起こった怒りに身を任せていた。

自分を、彼が拒絶するなど、あってはならない。これだけ痴態を晒しながら心を閉ざすなど、絶対に許せない。

込み上げる激情のままに、小山内は一気に恭巳を貫いた。

「あぁーっ！　い、やあぁ…」

指と、小山内自身では、大きさがまるで違う。かなり解したあとも、いつもは中を馴染ませながらゆっくりと挿入するのだが、今の小山内にはそうした配慮をする余裕などまったくなかった。思いのままに、最初からガンガン飛ばしていく。

「い、いた……い。やめ、たす……て。あぁぁ……っ」

激しい抽挿に、どこかが傷ついたらしい。ムッとする血の匂いがあたりに広がった。直前まで蕩かされて、快感に浸っていた恭巳の身体が、引きつったように硬直した。強張れば、受け入れる部分も狭くなって、小山内につけられた傷口が広がっていく。

「や、いや……、いた…、うぅっ」

懸命に首を振って、痛い、助けてと訴えても、もう小山内の耳には届かない。自らの所行をよそに、拒絶されて傷つけられた内なる獣が咆哮を上げているのだ。血の匂いは、小山内の裡から飛び出したその獣を、いっそう勢いづかせるだけだった。

恭巳自身は完全に萎え、揺さぶられるたびに、傷ついたところから血が滲み出ている。それでも何度も何度も腰を押しつけられ、奥の奥を抉られていると、次第に痛覚が薄れていった。

そして、中の一点を小山内の楔が掠めた途端。

「あああ、あ……っ」

痛みで萎えていた恭巳自身がぐんと勃ち上がり、みるみる嵩を増していく。身体がピーンと撓り、頭上で括られていた指まで快感の震えが突き抜けた。

「あ、あ、いゃ……」

そこを弄られれば、どんなにひどいことをされていても感じずにはいられない。涙を振り零し悲鳴を上げながら、恭巳は昂った先端から二度目の精を吐き出した。「いやだ、いやいや」と譫言のように繰り返しながら。身体は小山内に従って柔順に快楽を受け入れても、心は傷ついたまま固く閉ざされていたのだった。

恭巳の意志にかかわらず、内部の襞は食い締めるものを得て喜び歓喜し、繊細な動きで小山内を締め付け翻弄する。

「……うっ」

恭巳が達したときの急激な収縮は堪えきったものの、小山内自身長くは持たなかった。次第に速度を速めながらの抽挿を何度か繰り返したあとに、一気にそのときを迎えた。飛沫を叩きつけられて、恭巳の中も蠢動する。余韻を楽しむかのように小山内自身にまとわりつき、低い呻き声をあげさせていた。

これ以上そこに留まっては、また欲しくなってしまう。小山内は自らの楔を抜き取った。

急速に高まった怒りと欲望が一応の満足を得た今、小山内の頭も次第に冷静さを取り戻していった。自分の下に横たわる恭巳を改めて見下ろして、そのひどいありさまに眉を曇らせる。獣に襲われて陵辱された、哀れな獲物そのままの姿。自身が達したあと、恭巳は意識を失ったらしい。気を失った身体を、なおも自分は好き勝手に貪っていたわけだ。

自嘲しながら身を起こし、括りつけた腕の縛めを解いてやる。暴れたときにできたのだろう、手首はひどい擦過傷になっていた。汗やその他の体液で汚れた身体、そして、小山内が傷つけた局所の傷口からは、奥に放った彼自身の白濁と血が入り交じったものが、まだじくじくと滲み出ていた。

まずは手当だ。

理性が戻ると同時に感じ始めていた自己嫌悪をひとまず押しやって、小山内は洗面器に湯を汲んできた。タオルを浸しながら、恭巳を綺麗にしていく。脚をそっと持ち上げて、血と入り交じった白濁を拭き取り始末してから、傷口を覗き込んだ。小山内を受け入れた蕾は痛々しいほど腫れ上がっていたが、傷自体はそうひどくなく、医者を呼ぶほどではないことにほっとする。鎮痛効果のある塗り薬を丁寧に擦り込んでおく。さらに手首にも薬をつけて包帯を巻いてやった。

意識のない恭巳を抱え上げ、ソファをベッドに直した上にそっと横たえる。上掛けをかけたあと血の気のない頬を撫でて吐息をついた。額に散らばる髪の毛を掻き上げてやりながら、愛しさに息が詰まる思いがした。

ここまでくればさすがの小山内も、自分の本当の感情に気がついてしまう。恭巳を抱いたのは、研究成果を手に入れるための方便などではなく、彼が欲しかったからだということに。理性のたがが外れて恭巳をいたぶってしまったのは、彼が自分より教授を選んで手の届かない存在になると思ったからにほかならない。

「今さらこんな言い訳、聞きたくはないだろうが」

身元を偽って騙したうえに、痛めつけた。

「だからといって、俺は君を離す気はまったくない。どんな手を使っても、俺の側にいさせる。悪い男に捕まったと思って諦めてくれ」

露わになった額にそっと口づけ、これからの行動を考える。

まずは、シリコンだ。

恭巳が教授に超微細シリコンを渡したというのは、おそらく権利を譲渡したという意味だろう。であれば、サインした譲渡書類を無効と証明できれば、あるいは教授の欺瞞を追求して破棄させれば片はつく。

問題は徹底的に自分を拒絶していた恭巳の心を、もう一度手に入れる方法だな。

その身は快感を訴えてこの手に落ちてきたのに、恭巳自身の意志は強固で、びくとも揺らがなかった。正直、これほどの強さが彼にあるとは思わなかった。あの欺瞞を許さない澄んだ瞳に拒絶されたとき、小山内は心臓に刃を突き立てられたような痛みを味わったのだ。同時に、思い込みで曇っていた心を両断されて、真に自分の欲するものに気づかせてももらったが。

とにかく教授の調査を急がせるよう周防に念を押して、と携帯を取り上げたとき、すでに真夜中を過ぎていることに気がついて、苦笑いしてしまう。恭巳に関わっていると、時間の概念すら薄れてしまう。

携帯を置き、シャワーを浴びに行った。その後でするりと恭巳の隣に滑り込み、もうすっかり馴染んで、抱いていないと眠れなくなってしまった身体を引き寄せた。意識のないくったりした身体は、引き寄せられるままにすんなり小山内の懐に収まった。

「愛している、恭巳。その心を解して、必ず君をもう一度手に入れる」

傲慢さはいささかも失わずに、放さないとギュッと抱き締めて呟きながら、小山内は眠りに落ちていった。

空虚な喪失感に襲われて、小山内はふと目が覚めた。抱いていたはずの恭巳が、腕の中から消えている。

目覚めのいいはずの自分が、どうしたことだ。

チッと舌打ちして起き上がる。髪の毛を掻き上げながら、恭巳の横たわっていたあたりに手を置いてみる。まだ温みが残っていた。出て行ったとしても遠くまでは行っていないだろう。

小山内は手早く服を着替えた。見回して、恭巳が持って出たのはデイパックだけと知る。いったいどこに行くつもりか。急いで追いかければ、駅のあたりで捕まえられるかもしれない。

目覚めた恭巳は、何を思っただろう。裏切られた自分、痛めつけられた自分に、きっと惨めな思いを味わったはずだ。

俺の腕の中でおとなしくしていればよかったものを。そうすれば、傷ついた心をその場で癒してやれたのに。とにかく、すぐに連れ戻して。

携帯電話の音に、小山内はハッと足を止める。周防からだと確認すると、どれだけ自分が慌てていたかに気がついて苦笑する。恭巳が出ていったのなら、必ず尾行がついていったはずで、行き先もすぐにわかるのに。

「顕光様。石丸教授からお会いしたいと連絡が入っておりますが」

「なんだと?」

「超微細シリコンについてだそうです。いかがなさいますか?」

「その前に、恭巳の尾行はついているんだろうな」

「はい」

「今どこにいる?」

「新幹線乗り場に向かわれたと連絡が入っています」

「新幹線? そうか、実家か」

呟いて、なぜすぐに気がつかなかったのかと嘆息する。傷ついたとき、子は親の庇護を求めるものだ。傷つけたのが自分だという自覚があるから、思わず顔を顰めてしまったが。しかし行き先が実家とわかれば、いつでも追いかけて行ける。では、目の前の障害を先に片付けるか。

教授が会見場所を大学に指定していると聞き、小山内はアパートまで車を回すように命じた。その間に、ざっと着替えただけだった服装を改める。石丸はこちらの素性を知っているのだ。それらしい服装を整えて訪問するのが、礼儀というものだろう。

恭巳にばれた以上隠す必要もないと、アパートの真下に車を横付けさせて乗り込んだ。小山内が中に収まるのを確認してから助手席に乗った周防に、教授を調査した結果はまだかと苛立たしげに尋ねる。

「今のところ、何も出てきません」

昨日の今日で、それは無理ですと、周防は首を振る。

やむなく小山内は、これまでの調査で得られた情報をもう一度検討した。

石丸はまず、超微細シリコンができた過程を秘密にするように恭巳に指示し、外部に漏れないように手を打った。接触する企業のことごとくを拒否して、恭巳の存在も学内だけの秘密にした。またその後続けている実験も、同じ研究室に所属していてもデータが利用できないように封印させている。そして、特許を申請して保護すべきにもかかわらず、特許を取るのが難しいと恭巳に思い込ませて申請させていない。

恭巳自身は石丸を信じ切っていて、言われるままにデータを取り続け、種々の実験を行っているが、いったいそれはなんのためなのか。特許を取るためだけならば、そこまでの研究は必要ないのだ。

石丸はK大を創設した一族の出で、現学長の甥に当たる。裕福な家庭の出だから、恭巳の発見を私物化しようとしていたとしても、それは金銭欲ではないだろう。では本当の目的は、名誉か、それとも、恭巳自身とか。

冗談じゃない。書類は必ず破棄させる。みすみす恭巳を渡してなるものか。

好戦的な気分がふつふつと湧いてくる。

教授の待ち受ける部屋に向かう前に、小山内は再び恭巳の居場所を確認させた。どうやら新幹線に無事乗ったらしい。早く教授との会見を切り上げて、彼のあとを追いたいものだ。

途中教授と連絡を取った周防が告げる。

「教授室で待っているとのことです。おひとりでいらしてくださいと」

「わかった。恭巳のことで何か変わったことがあれば、すぐ連絡を」

「承知しました」

大学構内の駐車場に車を停車させ、心配そうな周防をあとに教授の待ち受ける部屋に向かう。学生たちがポツポツ通学してくる時間帯で、あたりはまだ朝露を含んだ早朝の気配を色濃く残していた。並木道を道なりに辿って実験棟へ着く。つい昨日、ここで教授と出くわしたことから、事態が急展開し始めたのだ。

三階にある教授室への階段を上りながら、小山内は気を引き締める。

ノックすると、若々しい声で返事があった。一礼しながらドアを開け、正面に立つ教授と顔を合わせた。三十八歳にして、すでに数年その地位にある。創業者の一族出身であるにせよ、実力がなければ、なかなかそこまで上り詰めるのは難しいだろう。

「小山内、顕光君？」

「はい。石丸教授ですね」

窓を背にして立つ石丸の表情は、光線の加減ではっきりとは見えない、しかし、声に含まれている挑発するような響きに、こちらによい感情を持っていないことがわかる。こっちだって教授に持っているのは、恭巳の傷心につけ込んでまんまと彼を手中にした相手への闘争心だ。

「……それが君の本来の姿か」

身体に合わせて仕立てた夏用の背広をピシッと着こなし、堂々と立ちはだかる小山内に、声が微妙に歪む。

「青木君が、惚れ込むだけはあるね。ただし、わたしから言わせれば、好青年の皮を被って善良な人間を騙す、悪質きわまりない存在だ」

石丸はそう言い放つと、窓際から離れて小山内の元へ歩み寄ってきた。

学究の徒にありがちな、身なりにいっこうかまわない学者ばかと違い、石丸は涼やかな容姿に似合った質のよい背広を着込んでいた。上に羽織った白衣も染みひとつなく、ちゃんと糊が効いている。

「座りなさい」

石丸は、その白衣のポケットに手を突っ込んで横柄に顎をしゃくった。

「失礼します」

雑な扱いを受けても眉ひとつ動かさず、小山内は勧められたソファに腰を下ろした。交渉ごとには慣れている。浴びせられる罵声を聞き流しながら、その中から相手の弱点を掴み、一気に劣勢を挽回したことはいくらでもある。皮肉を効かせた言葉を投げつけられたくらいで、傷ついたり臆したりすることはない。

「それで、今日のご用件は？」

「白々しい。わたしが呼びつけた用件は、ひとつしかないとわかっているくせに」

「恭巳に関することでしたら、お受けできませんね」

恭巳、と呼び捨てることで、小山内は石丸の眉を顰めさせた。

「あれは、わたしのものです。あなたが何を画策しようと、無駄ですよ」

はっきり言ってのけた小山内に、石丸がフンと鼻を鳴らした。

「君はわたしが青木君の指導教官と知ったうえで、そういうことを言うのかね。わたしが不快感を示したらどうするんだ。彼の前途を狭めてしまう気か」

「恭巳の前途の心配は、わたしがします。あなたに配慮していただかなくてけっこうですし、まさかこれを理由に、卒業を阻むようなことはなさらないでしょう？」

「強気だね」

挑戦的な口調を崩さず畳み掛けるように続けた小山内に、石丸が唇を歪める。

「どうやら、青木君は勘違いをしていたのかな。超微細シリコンのために騙されたと泣いていたが、君の口ぶりを聞いていると、それだけではなさそうだ」

「内輪の話で恐縮ですが、恭巳は何か誤解しているようで、ここを辞したあと実家まで迎えに行く予定です。ちゃんと話し合えば、彼の間違いも正せるでしょう」

「ほう」

自信ありげに言った小山内を前に、石丸が黙り込んだ。じっと探るような目を小山内に注いでいる。一見純和風の優しそうな容貌だが、ここぞというときにしか見せない眼光の鋭さは、彼がそれだけの人間ではないことを示していた。その、裏の裏まで見通しそうな強い凝視を、小山内は平然と受け止め受け流した。

「君は啼かない鳥を見たらどうするんだ」

しばらくして、ポツリと石丸が尋ねた。脈絡のない問いだったが、小山内は打てば響くように答えを返した。

「啼かせますよ、あらゆる手を使ってね」

「そうか、わたしは啼くまで待つタイプなんだ」

ずっと待っていたんだが、と呟きながら石丸は立ち上がった。

「少しずつ気長に手懐けて。まさか横合いから、かっ攫われるとは思わなかった」

仄めかしているのは、恭巳のことなのだろう。小山内が見守るうちに、石丸は乱雑にいろいろなものが積み上げられている中から、何枚かの書類を取り出してきた。

「わたしはね、落ち込んでいる彼にあることを提案した。大学院への進学と、そのあともわたしの助手としてここに残ること。そうすれば学費も援助するからと」

「超微細シリコンは？」

それが本当の目的でしょうと、小山内が皮肉な調子で指摘する。

「そう、それがあった。まあ、君は信じないだろうがね、青木君が発見したそれは、わたしにとっては大いなる邪魔ものに過ぎなかったのだよ。もし特許を取れば、彼はわたしの援助など必要ない、遥か彼方に飛び去ってしまう。だから、できる範囲で邪魔をした。君のように彼を傷つけてまで、とは思わなかったが。それが敗因だったとすれば、人間、ときには強引に迫る必要もあるという教訓だな」

忌々しいと言わんばかりの吐息を零して、石丸は非難の目で小山内を睨んだ。「知るか」と小山内は、思わせぶりに書類でパタパタと手をはたいている石丸を睨み返した。手温い手段で時期を逸したのはそっちのほうだ。

「もちろん、できた超微細シリコンはそれ自体興味ある現象でもあったから、研究は進めるようにと助言したけれどね。ところで見たまえ、この書類。弁護士に作らせた正式なものだ」

やはり！　と思いながら、小山内は差し出された書類を受け取った。恭巳がサインしたという譲渡書類に違いない。そんな大事なものを迂闊に敵に渡すとは、状況判断が甘すぎる。俺が破り捨てるとは思わなかったのだろうか。

「これ、は！」

しかし書類を見た途端、小山内の口から零れたのは驚きの声だった。契約書も誓約書も、形式は整っているが、肝心の署名欄が空白のままなのだ。

「どういうことです」

小山内は石丸を見据えながら、詰問した。

「青木君は、最後の最後で、できないと断った。芙蓉電機にはこの超微細シリコンが必要みたいだから、というのが、彼の断わりの理由だった。自分を騙してまでも、この発明を手に入れようとしたひとがいるのでと」

小山内は、何ひとつ答える台詞を思いつかなかった。黙ったまま、手の中の書類に視線を落とす。紙がカサカサと音を立てるのは、小山内の手が震えているせいだ。

「ばかな、とわたしは言ったんだが、青木君は聞かなかった。進路にちょっと障害物を置いただけのわたしと違って、捻じ曲げてでも自分の方を向かせてしまう強引なやり方が有効だったとはね。実に情けない」

「……あなたがその手を使っても、恭巳は落ちてきませんよ。わたしだったたから…」

まだ茫然としたまま、それでも小山内は掠れた声で言い返した。

「そうかもしれないが」

いったんその言い分を受け入れたように見えた石丸は、すぐにひとの悪い笑みを浮かべて小山内を挑発した。

「わたしは気が長いほうなんだ。待つことにも慣れている。今は君の方を向いているかもしれないが、青木君も、君のその傲慢さにはいつか愛想を尽かすだろう。そのときまで、ゆっくり待つことにするよ」

「恭巳は、絶対に渡しません」

「それは、君の言い分だ。青木君には、また別の言い分があるかもしれない」

石丸は肩を竦めながらあとを続けた。

「彼はまれに見る優秀な研究者の素質がある。ぜひ、院への進学を勧めてくれたまえ。このまま中途半端に実験を中断するのは、いかにも惜しい。わたしのもとで訓育すれば、必ず頭角を現す人材に育つだろう」

そして、さらに皮肉そうな笑みを見せながら、

「君は、わたしが諦めないと言ったからといって、青木君の将来を邪魔するつもりはないだろうね」

最初に小山内が釘を刺した言葉を、投げ返してきた。同時に小山内が手にしていた書類を抜

き取ると、丁寧に畳んで自分の引き出しにしまい込んだ。

「いつかまた、これを利用するときが来るかもしれない。さて、言いたいことはこれで全部だ。もう君に用はない。ご苦労様」

背中を向けられて、小山内は腰を上げた。石丸の言葉に、途中から対等に応酬できなかった自分に、苦いものを覚える。最初から会社の中でひとを動かす地位にいて、自分なりに戒めてはいたものの、いつの間にか傲慢になっていたらしい。感情の機微を見誤り、恭巳への接し方を間違えた。これが、今後の課題だ。

「ありがとうございました」

その自戒の意味も込めて頭を下げると、石丸はフンと木で鼻を括ったような返事をよこした。

「君に礼を言われる筋合いはない。手の中にある宝物が、いつまでも自分のものだと思わないことだね」

「肝に銘じます」

もう一度頭を下げながら、しかし、と小山内は内心で呟いていた。石丸教授が何を嘯こうと、恭巳を手に入れたのは俺だ。

教授室を出ると同時にふてぶてしい表情を取り戻した小山内は、自然に足を速めていた。一刻も早く恭巳のもとに駆けつけたい。

署名のない契約書を見たときのあの衝撃。騙されたと知っても、恭巳は俺に研究を譲る気でいた。それほど超微細シリコンが必要だったのなら、と、自分にとって有利な申し出を蹴った。石丸と会う必要があったのは確かだが、それでも恭巳を追うほうを優先すればよかったと思う。

駐車場で心配そうに待っていた周防に「駅まで」と短く命じて、車を出させる。助手席から周防は、腕組みをして黙り込んだままの小山内をチラチラと窺いながら、運転手に急ぐように言った。小山内が新幹線に乗るであろうことを把握しているらしい。たぶん、次の発車時間までも頭に入っているのだろう。

相変わらず聡いことだ。

背凭れに深く身体を預けた姿勢で目を閉じ、小山内は恭巳へと想いを馳せた。出会ってから一緒に過ごしたさまざまな場面が、浮かんでくる。笑い顔、呆れた顔、怒った顔、そして極めるときの涙を浮かべた艶めかしい顔。活発な性格をそのままに、顔もクルクルと表情を変えて、小山内の心を惹きつけた。

「恭巳……」

逢ったら抱き締めて、愛していると言おう。今度こそ嘘やごまかしなどではなく。いや、今から思えば、これまで恭巳に囁いた愛の言葉は、どれも真実だったのだろう。ただ自分が自覚していなかっただけで。

周防にあとを任せて乗り込んだ新幹線は、素晴らしいスピードで小山内を恭巳のもとに運んでくれたが、気の焦る小山内には、それでも満足のいく速さではなかった。窓を飛び去る景色も小山内の目には映らず、ただひたすら恭巳と会う瞬間ばかりを思わせる。

鄙びた駅にようやく降り立った小山内は、タクシーを拾った。歩いていけない距離ではなかったが、とても待ちきれない。

報告によれば、恭巳は実家には行かず病院にいるという。今ごろは、父親から慰めを得ているのだろう。その連絡を受けると同時に小山内は、恭巳への監視を解くことを命じた。あとは自分が引き受けるからと。同時にアパートの隣室からも引き上げて、痕跡の残らぬように始末することも。この先自分と恭巳の間には、いっさいのごまかしはなしだ。

それにしても、してしまったことを思えばため息が漏れた。いまだに恭巳の心を掴んでいるという自信はあったが、ひどい仕打ちをしたことも確かだ。これまでと同じように、素直に心を開いてくれると思うのは楽観的すぎる。

最初に、謝ればいいのか。それとも抱き締めて口づけるのが先か。

病院までの短い時間、タクシーに揺られながら小山内はじっと考え込んでいた。


「それで、おまえ自身はどうしたんだい」

父親に頭を凭せかけながら、恭巳は問いかけられて首を振る。

「……わかんない」

フラフラと新幹線に乗り込んで、実家まで帰って来てしまった。それも小山内にもらったチケットを使って。

すでに容体も落ち着いて、集中治療室から一般の病室に移っていた父は、急に尋ねてきた息子に最初は驚いた顔をしながらも、腕を広げて歓迎してくれた。暖かな胸に頭を預けると、張りつめていた心がゆっくり解れていった。

背中を撫でられながら、無言のまま父親の温もりを味わったあとで、ようやく恭巳は重い口を開いた。親切にしてくれて好意を抱いたひとが、実は自分の研究を狙って近づいてきたひとだったんだと。それはまるで、「ね、悪いひとでしょ。僕は怒ってもいいんだよね」と幼い子が訴えているように聞こえた。

恭巳の頭を撫でながら聞いていた父親が口を開いたのが、恭巳への問いかけだったのだ。

どうしたいのかわからないと答えたが、それは本当ではない。恭巳自身は、石丸の申し出を断った時点で結論を出している。ただこの先、現実として小山内とどう接したらいいのか、迷っているのだ。

昨夜の小山内は、途中で急にたがが外れたように野獣に変わった。自分はさんざんいたぶられて悲鳴を上げ、なぜこんな目に遭わなければならないのかと彼を恨んだ。詰って問いつめていいのはこっちの方なのにと。

ところが、それでも最後のあたりはひどく感じて、自分から腰を振って絶頂に上り詰めた記憶が残っている。どんな仕打ちをされても、自分は小山内を愛しているのだと思い知らされて悲しくなった。

朝目覚めたときには、小山内の懐に顔を埋めて眠っていた。なぜ小山内が自分を抱き締めていたのかはわからないが、夜の記憶が蘇るまではけっこう幸せな気分でいられたのだ。小山内を起こさないように慎重に身体をずらし、立ち上がろうとして、腰がふらついた。服を着替えるのも、駅まで歩くのも、歯を食いしばって痛みを堪えなければならなかった。

それでも、きちんと後始末をされ手当もされていたせいで、動くことはできたのだ。

自分が気を失ったあと小山内は、何を思って手当をしてくれたのだろう。ボロ切れのように蹂躙《じゅうりん》された自分を、少しは可哀想に思ってくれたのか。

逃げ出してきた今、小山内の気持ちを確かめることはできないけれど。

「逃げても、解決にはならないよ」

と、ちょうど今自分が感じたことを父親が口にする。まるで心を読まれたようで、ギクリと身体が引きつる。小山内と自分の本当の関係は伏せているのに、なんとなく悟られているような気がした。

「そのひとと絶縁したいのなら、恭巳は教授の申し出を受けたはずだね。でもそうしなかった」

「うん。なんでだろうと、自分でも思うよ。騙されたのに」

「それはね、恭巳の気持ちがとても強いからだよ。ひとに好意を抱くのは、相手がこちらを好きだからじゃない。向こうがどうあれ、自分が、相手を好きだからなんだ」

「……ああ、そう…か」

父親の言葉がすとんと胸に落ちてきた。自分はそれほど小山内が好きだったのだ。何をされても許せるほど。そして、どんな手段を使っても彼を引き留めたいと願うほど。

「わかった。やってみる」

何事か決意して顔を上げた恭巳に、父は優しく微笑んだ。

「ちょうどよかった。あれが、君の言っているひとかね」

後ろを示されてハッと振り向いた先に、背広姿で佇んでいる小山内を見た。

「あ、ど…して」

まるで幻のように思えて何度も目をしばたたいた。

「突然お邪魔します」

小山内は、優雅に一礼して入ってきた。懐から名刺を取り出し、きちんと両手を添えて恭巳の父親に差し出した。

「小山内と申します」

父親に差し出された名刺にある、芙蓉電機、調査室室長、という肩書きを、恭巳は目を丸くして見た。

「誤解を解こうと、迷惑を承知で押しかけてまいりました。息子さんを少しお借りしてもよろしいでしょうか？」

絵に描いたような好青年を演じて、小山内は爽やかな笑みを浮かべている。誰だって彼のこんな笑顔を見たら、「誤解」した自分が悪いみたいじゃないか。しゃあしゃあとしている小山内に、なんだか腹が立ってしまった恭巳である。

「いいですとも。息子も何かお話したいことがあったようで。ちょうどいい機会だ、恭巳、行っておいで。話せばきっと、誤解も解けるよ」

父親の言葉に、小山内が眉をくいっと上げて恭巳を見た。

挑発されたように感じて、恭巳は決然と立ち上がった。いいとも、行ってやろうじゃないか。文句を言う権利は、こっちにあるんだ。小山内に、超微細シリコンを渡すのと引き替えに、自分が決めた条件を持ち出すにはこんな好戦的な気分の方がいい。

小山内の脇を擦り抜けて、さっさとエレベーターに向かう。先に立って病棟を抜け、中庭に下りていった。そこは病棟の周囲を巡る遊歩道にもなっていて、あちこちに置かれたベンチは、うまく日陰になるように配置されていた。回復期にある患者の散歩にも利用されている細い道を歩くと、よく茂った樹木が枝を差し伸べてくれるおかげで、熱い日差しは遮られ、そよそよと吹く風が心地よい。

人影のないベンチ前で、恭巳は立ち止まってクルリと振り向いた。

「小山内さん」

黙ってついて来ていた小山内が「なんだ？」とばかり首を傾げる。

「オレ、あんたに、超微細シリコンのデータを渡してもいいよ」

「ああ、教授に聞いてきた。いい条件を呈示されたのに、断ったそうだな」

「……っ。なんだ、知ってるのか。それなら話は早い……」

続けようとして、恭巳は思わず言葉を途切れさせた。居丈高に話をもっていきたかったのに、見上げた小山内があまりにも優しい表情をしているのを見てしまって、言葉に詰まったのだ。ふたりで暮らしている間小山内は、いつもこんなふうに、愛しくて堪らないという表情を向けてくれたことを思い出してしまう。

恭巳はツンと顎を上げて、わざとらしく顔を背けた。

「もう、演技なんかしなくてもいいよ。あんたが被っていた皮は全部剥げてるんだから」

「別に演技のつもりはない。君はいつだって可愛くて、素直で、俺は……」

「だから！　口説き文句もいらないんだって！」

言いかけた小山内を怒声で遮って、恭巳は、彼の魅力にまたもや搦め捕られる前にと、急いで自分の条件を突きつけた。

「あんたの一生をオレがもらう、ってのが渡す条件だ。それくらい安いもんだろう。超微細シリコンの市場価値は何百億だって聞いたぜ」

小山内を自分に縛りつけるならこれしかないと決めて告げた言葉だが、相手の反応を見るのが怖くて、威勢のよい言葉を突きつけながら恭巳自身は目を逸らしていた。きっと呆れているだろう。恭巳の未練を笑いながら。

なのに次の瞬間、恭巳は小山内にきつく抱き締められていた。

「いいとも。確かに安い条件だ」

耳元に、深みのある美声で吹き込まれながら。

「ち、ちょっ！　わかってんの？　オレ、一生って言ったんだよ。そんなに簡単に返事していいのかよ」

自分の出した条件のくせに、恭巳自身は小山内がこうも簡単に承知するとは思っていなかったのだ。慌ててもがきながら、言いつのる。

「放せってば。結婚も、女だってだめだと言ってんだぜ」

「もちろん、わかっている」

小山内はきっぱり頷いた。

「なんなら、誓約書でも契約書でも、なんでも出してくれ。喜んでサインするから」

「……うそ……」

暴れていた身体から力が抜け、もしかしてと期待しかけて、恭巳はすぐにそのことに気がついた。ああ、またいい加減な言葉で騙そうとしているのだと。ここで頷いて、データを手に入れて、それから恭巳の知らないところで遊ぶつもりなんだなと。誓約書をいくら書いたって、本人が守る意志がなければ、なんの意味もない。それでも、表面だけでも小山内を手に入れられるなら、よしとしなければならないのだろうか。

悲しい決意をして、契約成立だと言うために顔を上げると、ぐっと寄せられた眉間の皺を小山内の指が優しく撫でて解した。

「なにやら勝手な思い込みに走ったようだから一応釈明するが、俺は恭巳を騙したことはないぞ。意図的に事実を伏せたことはあってもな」

「な…っ。そんなごまかし……っ」

「K大の学生ってのも本当だし、アパートも探していた。ただし、恭巳の隣限定だったがな。貯金で生活をまかなっているのも嘘じゃない。その額がちょっとばかり多いだけで。コンビニで出会ったときの暴漢も、ヤラセじゃないぞ。あとは……」

言いくるめられそうな嫌な予感がして、恭巳は必死で小山内を追求するネタを探した。

「あ、そう…だ。オレのこと、好きだと言った。愛しているとも。大嘘、じゃないか。ひとの心を弄んで、やっぱり嘘つきだ」

身を捩り小山内の腕から逃れようとしながら恭巳が喚くと、

「嘘じゃない！」

逃すまいとして腕を強く掴まれ、きっぱりと否定された。

「え？」

思わず動きが止まってしまう。

「だから！　俺は、本当に恭巳を愛しているんだ」

もう一度、はっきり宣言されてしまう。優しい風がすっと頬を撫でていった。小山内を見上げたまま、恭巳は固まっている。頭の中では、今告げられた言葉がグルグル回っていた。

確かに以前にも愛していると言われ、自分は歓喜して小山内を受け入れた。そしてそれはすべて、超微細シリコンを手に入れるための方便だったと知らされて……。いや、わかったのは、小山内が芙蓉電機の関係者だということだけで、あとは自分でそうだと思い込んだ、だけなのか？

「ほんとに……？」

自信なさそうな、小さな声で、恭巳が聞き返す。

「本当だ。何に誓ってもいい」

「でも、じゃあなんで、芙蓉電機の関係者だってことを隠していたの？」

「最初に恭巳に近づいたときは、超微細シリコンを狙っていたからだ」

「やっぱり、そうなんじゃないか！」

「恭巳に逢ってから、その考えはきっぱり捨てた」

混乱して考え込んでいる恭巳を、可愛いと思いながら小山内は見下ろしていた。多少事実は端折っていたが、今の気持ちに嘘は微塵もないのだから、それで押し通そうと小山内は考えている。なにより、小山内自身を条件に持ち出したことで恭巳の気持ちがわかり、心は嬉しさに溢れ、今にも気持ちが暴走しそうなほど高ぶっているのだ。

「ところで、ここでずっと抱き合っていてもいいが、そろそろ観客たちの視線が痛いのだが」

「え？　わっ」

言われて顔を上げ周りを見た恭巳が、患者や付き添いの看護師たちの好奇の注視を浴びていると知って慌てて逃れようとした。今度は小山内も、そのまま恭巳の身体を放してやる。

「お父さんに挨拶をしに行こう。俺と一緒に帰るだろ？」

促されて、恭巳が二、三歩歩き出して止まった。

「ん？　どうした？」

振り向いて見上げてくるのを、優しく受け止めてやる。

「なんか、オレ、ごまかされた気がする」

「気のせいだ」

不安そうな声をきっぱり否定する。

「まあ、疑われても仕方がないが、それはこれから先の俺の行動を見て判断してくれ。それとも俺の心を証明するために、今ここでキスでもすればいいのか」

言うなり、いきなりアップになった小山内に、恭巳が慌てて飛び下がる。

「し、しなくていい」

周囲をチラチラと見ながら、恭巳が首を振る。改めて隣を歩きながら、警戒してビクビクしている恭巳に、笑みを誘われる。父親が入院しているここで、不埒な真似をするはずがないのに。

「そうか、帰るのか。誤解は解けたんだね」

父親は穏やかな笑顔で恭巳を見送った。

「不肖の息子ですが、よろしくお願いします」

「大切に、お預かりいたします」

小山内は自分の部下として預かるという意味で言ったのだが、病棟を出た途端に恭巳にこづかれてしまった。

「なんで、あんな恥ずかしいことを言うんだよ。まるで結婚の許しを得ようとしているカレシの台詞みたいじゃないか」

「結婚……。意識はしていなかったが、今考えるとそんな気持ちもあったかもしれないな。だが、先に切り出したのはお父さんのほうだぞ」

小山内にそう切り返されると、恭巳も何も言えなくなる。果たして父は、どんなつもりであの言葉を言ったのだろうか。まさか……。慌てて首を振ってその恐ろしい考えを追い払う。

「恭巳…」

呼びかけられて顔を上げると、小山内が一癖ありそうな笑顔を向けてきた。なんだか嫌な予感がして、その先を聞きたくないなと思いながらも、「……なに?」と聞き返すと、小山内はひとの悪い笑顔を浮かべたままで、しれっと言ってのけた。

「お父さんのお許しも得たことだし、俺のところに、嫁に来るか」

「ば、ば……」

ばかっと言おうとして、言葉が出てこない。小山内は高らかに笑いながら、顔を真っ赤にし、パクパクと口を開けて絶句している恭巳の肩に腕を回すと、タクシー乗り場に向かって歩き出した。


タクシーで駅に戻り、JRを乗り継いで帰宅する旅程の間、恭巳《やすみ》はほとんど小山内《おさない》に凭《もた》れて眠っていた。嫁発言でぷんすか怒っていたくせに、疲労には勝てなかったようだ。

無理もない。

小山内は昨日から恭巳に強いていたハードな時間を思い浮かべて、ため息をついた。口を開けば、まだ疑いの言葉を吐くくせに、安心しきった寝顔を見せる彼の頬をそっと撫《な》でる。信頼を取り戻すまではもう少しかかりそうだが、結局は時間の問題だろうと確信している。

眠気が去らずにぼうっとした恭巳を、抱えるようにして部屋に入った。

「ほら、靴を脱いで。違う、こっちだ」

言われるままに靴を脱ぎ捨てて上がり込み、そのまま奥へ行こうとする彼を導いて、右手のドアを開ける。広々したベッドの上掛けをはね除けて恭巳に横になるよう促した。眠くて堪らなかった恭巳は、なんかへんだぞ、という理性の囁きを聞きながら、眠気には勝てず、シャツのボタンをふたつばかり外してもらっている間に、眠り込んでいた。

ゆっくりと意識が覚醒すると同時に、恭巳は隣にある暖かな身体に擦り寄っていた。ぼんやりと目を開けて自分が枕にしているものを見る。上半身裸の小山内の胸だ。昨日の朝と同じように、小山内の腕にすっぽり抱き締められていた。ぎくりと身体を硬くしたが、自分は昨日の着衣のままで、小山内も下はパジャマを穿《は》いているようだ。

昨日と違うのは、目を開けた途端待ち受けていた小山内に「おはよう」と声をかけられ同時にキスが降ってきたことだ。

「恭巳が逃げなければ、昨日もこうするつもりだったのに。夜、乱暴にしたことを謝りながら」

「……なんで、あんなにひどくしたの？」

「嫉妬したんだよ。恭巳が、教授を選んで俺を捨てるのかと思ったから」

「教授を選ぶって……、この先の進路をどうするかってだけだったのに」

「そうだな」

小山内は賢明にも、教授の言葉を恭巳には伝えなかった。

「ただ、あのときは、恭巳に正体がばれたということもあって、このまま失ってしまう、とか思ってしまったんだな。俺としたことが情けない」

「それで、結局ひどい目に遭ったのはオレってわけ？　なんか、理不尽だ」

「わかっている。君を傷つけて申し訳なかった」

「それだけ？　ほかには？」

「ほかに謝ることなんて、思いつかないな」

まったく悪びれない返事を聞いて、恭巳が呆れたように小山内の胸を拳で軽く叩いた。

「正体を隠していたことは？　目的があって近づいたことは？」

「キスしていいか？」

勢い込んで問いつめると、さっとかわされてしまう。

「だから、……ん」

こんなことでごまかされるもんかとしばらく歯を食いしばって抵抗したが、唇を舐められるばかりで、ちゃんとキスしてくれない小山内に焦れて、降参してしまった。

「キス、して……」

すぐさま柔らかな唇が重なってきて、いいように悶《もだ》えさせられた。小山内とこんな関係になるまで、キスがこれほど気持ちいいものだったなんて知らなかった。背筋をぞくぞくと快感が走り抜け、腰のあたりがうずうずする。小山内が物憂げに唇を動かすたびに、その一点からさざ波のような快感が伝わっていく。

「入れてくれ」

囁かれるまで、自分が歯を食いしばっていることに気がつかなかった。与えられる快感に思わず力が入っていたらしい。意識して緩めると、するりと小山内の舌が入り込んできた。縦横に舐め上げられ、息継ぎができなくなって喘《あえ》いだ。

「んっ　ん」

「触ってもいい？」

そっと引いていった唇が、瞼や目尻、頬に何度も押し当てられる。その間にまた、すんなり頷けないことを聞かれた。いいなんて、とても言えない。今までは好き勝手していたくせに、なんで今日は聞いてくるのか。愛しているなんてやっぱり嘘っぽちで、意地悪されているのだろうか。

恨めしそうな瞳に、小山内が苦笑した。

「これでも反省しているんだ。信じてもらうまでは、君がいいと許してくれたことしかしない。だから、触らせて？　とりあえず、可愛い乳首、とか」

キスだけで気持ちよくなって、そのまま当然触ってもらえるものと思っていた恭巳は、目を見開いた。触っていいと、そんなことまで自分が言わなければならないのだろうか。嫌だ、恥ずかしすぎる。

「だめ？」

言いながら、小山内はシャツの上から胸を摘んでいる。

「ここ、もう立ち上がってる。可愛いな」

ピンと突き出した突起は、シャツの上からでもはっきりわかる。

「あ、ぅ」

敏感なそこはシャツの上から触られても感じてしまう。

「恭巳、触りたい」

絶対意地悪だと恭巳は確信する。でも黙っていると、本当に小山内はそれ以上してくれないのだ。シャツの上からさわさわと撫でて、つられて胸を突き出しても、すぐに手を引っ込めてしまう。焦れた恭巳は、引こうとした小山内の手を掴んで、自分のシャツの下に突っ込ませた。

そして怒ったように、

「触って！」

と怒鳴った。

「助かった、そろそろ我慢できなくなるところだったんだ」

と呟きながら、小山内は残りのシャツのボタンを全部外して、前を開いた。そして改めて、自己主張しているささやかな突起を弄《いじ》り始めた。触って突いて摘んで引っ張る。両方一度にそんなことをされて、恭巳は仰け反った。腰がどんどん重くなっていく。昂《たかぶ》ったその部分がきつくて辛い。でもきっとここも、触ってと言わなければ何もしてくれないに違いない。

恭巳はそれよりはと、自分でジーンズのファスナーに手をかけた。

「おや、自分でしちゃうんだ」

「だって…っ」

「そこにも触りたいんだけどな」

「じゃあ、触って…よ。わかってるくせに、オレがどうなってるのか」

「そうだね、嬉しいよ。前の記憶が君のダメージになっていないとわかって。俺の手でちゃんと感じてくれるんだ」

よかった、と真剣な声で言われて、恭巳はまじまじと小山内を見上げた。これは、意地悪のつもりではなかったのか？

「君の望まないことは、何ひとつするつもりはない。どんなに自分がきつくてもね」

そうして小山内は、恭巳の身体に自分の腰を押しつけて、そこがどんなに猛《たけ》っているか、どれほど恭巳を欲しがっているかを教えた。

「恭巳、俺は君を愛しているんだよ」

「あ……」

深い眼差しに、捉えられた。

「俺の一生を望んでくれて、ほんとに嬉しい…」

優しいキスで、とろとろに溶かされる。唇が離れていくのを無意識に追いかけて、自分の口を突き出していた。嬉しそうな含み笑いと一緒に、すぐさま小山内の唇が戻ってきた。くすぐったくなるようなバードキスを繰り返したあとで、しっとりと唇が重なった。恭巳は自分からも小山内を求め、舌を絡ませ、強く吸い上げた。

「うっ」

自分が感じるときは、小山内も感じているという証の呻き声を彼から引き出して、ますます昂っていく。

「もう、して……、欲しいよ」

言われたことしかしないという小山内にして欲しければ、自分から言うしかない。ジーンズの中で硬くなっているものは、押さえつけられて苦しいと訴えている。恥ずかしいと尻込みする理性は、熱くなった頭の中で隅っこに追いやられた。

「ここ、も……触って、して」

恭巳は小山内の手を取って股間に押しつけた。服の上から押さえられただけでも、じわりと快感が広がっていく。

「ああ、いい。オレ…も、あんたに触りたい……」

柔らかく揉み込まれながら、あまりの気持ちよさに腰を揺すり、腕を小山内に伸ばした。

「…脱いで」

蕩けそうな瞳で小山内がじっと恭巳を見た。それからおもむろに身体を起こしてパジャマのズボンを下着ごと脱ぎ捨て、恭巳自身の服も脱がせてしまった。

「ここは、今日は使わない」

すんなりした足のつけ根を辿って、まだ腫《は》れている蕾《つぼみ》をそっと撫でる。

「あ…」

ぴりっとした痛みと同時に、甘い疼《うず》きが駆け抜ける。

「でもこっちは、思う存分……」

可愛がってやれる、と小山内はぺろりと舌で唇を舐めながら淫蕩そうな笑みを見せ、股間から聳《そび》え立って震えている昂りをすっと撫で下ろした。

「はぁ…っ」

気持ちよくて思わず声が出てしまう。小山内は恭巳を引き寄せ、腰をぴったりと合わせると、恭巳の指を取ってふたり分の熱魂を一緒に握らせた。

「や、なに……?」

さらにその上から自分の手を添え、包み込んだ指ごと擦り始めた。最初はようすを見るかのようにゆっくり、しかしすぐに先端から溢れ出した蜜で濡れ始めたのを見ると、次第に速度を速めた。息継ぎもままならないほどの快感が恭巳の体内で荒れ狂う。耳に届く卑猥な水音が、ますます恭巳を昂ぶらせた。自分の熱に、小山内のそれが触れている。はやり立つ熱さが直接伝わってくる。自分の昂りを伝い落ちる蜜は、小山内から溢れたそれでもあるのだ。今までされたことのない行為に余計に感じて、恭巳は堪らず腰を捩る。声を上げながら上り詰める。

「や、もう……だめ、も、イく……」

身を仰け反らせ、腰を突き出しながら絶頂目指して駆け上がる。恭巳につられて小山内の分身も一気に膨れあがった。

「イ、く…っ」

ふたり分の白濁を、小山内の指が受け止めた。胸を激しく喘がせながら、恭巳は自分から腕を伸ばして小山内にぎゅっとしがみついた。絶頂の余韻で白熱したままの頭では、まだきちんとした考えはまとまらないが、身体から伝わってくるものは確かにあった。そして今だけでなく、小山内が謝罪したあの一夜を除いて、恭巳はいつも彼に大切にされていたことに気がつく。ずっと愛していたという言葉を、信じていいのかもしれない。

やがて荒い息が収まり、けだるさが全身に広がっていった。

恭巳は小山内の胸に甘えるように額を押しつけた。なぜか気恥ずかしさがあって、まだ顔が上げられない。小山内は黙ったままそんな恭巳を抱き締めていた。生々しい匂いは、まだあたりに漂っていて、夢中になっているときは完全に忘れていた恥ずかしさが蘇《よみがえ》る。

それをごまかそうと、別の方向に視線を逸らした恭巳は、次の瞬間小山内の腕を振り切ってがばっと半身を起こした。

「ここ、どこ……」

茫然と広々した室内を見回す。ベッドはいつものソファベッドより数倍大きいし、敷いているシーツも、ふんわり掛かっている上掛けも、絹地のしなやかな肌触りを伝えてくる。

「祖母と一緒に暮らしていた部屋だ。どうしても手放せなくて、そのままにしてある。ここで俺は、家庭の温もりというものを教えられた。恭巳となら、きっと家族になれると思って…」

連れてきた、と言う小山内の告白にふと胸を詰らせた恭巳は、そんな感傷的な気分を振り払おうと、わざと軽口を叩いてみせた。

「でも、オレがいいと言わなければ、もう挿れないんだろ。一緒に生活するのに、あんたはそれでいいの？」

「もちろん」

「へえー、じゃあ、ずっと焦らしてやろうかな」

「俺は、かまわないが、恭巳は大丈夫か？　後ろでイかないと物足りないだろう？」

わざとらしく腰を撫で下ろされる。その優しい感触だけで、確かに痛みを感じていたはずの後孔がずくりと疼いた。無意識の自分の反応が悔しくて、

「絶対言わないからな！」

と、思わず啖呵《たんか》を切ってしまった恭巳だった。小山内にさんざん焦らされて、そう時間を置

かずに挿れてと喚くことになるとも知らず。

それぞれの思惑

石丸堯宗《いしまるたかむね》

青木《あおき》君の初対面の印象？　ふむ、そうだね。高校生がなんで大学に来ているんだ、と思ったね。あ、これは彼には内緒だよ。どうもコンプレックスがあるみたいで、突つくときにはいいネタになるんだけど、あまりしつこいと敬遠されてしまうから。

顔がね、どちらかというと、童顔だろ。身長も高くないし。可愛い、と思ってしまったんだな。特に瞳がいい。君も彼を知っているなら、わかるだろう？　あんなに澄み切った、こちらの心の汚れをそのまま映し出してしまいそうな綺麗な瞳は、初めてだった。幼子の無垢《むく》な瞳のようで、二十歳を越えてあれは、詐欺《さぎ》じゃないかと思ったものだよ。

わたしのゼミに来て親しく話すようになると、今度は回転の速さに感心させられたね。それと勘の良さ。こっちが言いたいことを、あまり言葉を費やさずとも理解してくれる。実験をさせても手際がいいし。

一度彼には無理かな、と思えるほどの課題を丸投げして、「やってみなさい」と言ったことがある。知らん顔でようすを見ていたら、あれこれ参考書を読み込んで自分なりの手順を考え、思った以上の成果を上げてくれた。その研究が、今回の特許申請に繫がったのだから、何がきっかけになるか、わからないものだよ、全く。

あれをわたしが指示してやらせていたら、予想していた実験結果しか出なかっただろうし、超微細シリコンは組成されなかったはずだ。彼が自分で工夫してあれこれやっているうちにできてしまったそれが、結局はわたしから彼を奪っていくなんてね。

ああ、いやいや、まだ諦《あきら》めたわけじゃないよ。わたしは気が長い男でね。最後に勝てば、それでいいと思っているから。青木君を独り占めにしているあの小山内《おさない》という男は、どこか胡散臭いところがあるし、まだまだごまかしている部分がありそうだ。今調査させているから、いずれ何か出てくるだろう。

それを知ったら青木君が悲しむ？

違うだろう？　あの綺麗な瞳に映していいのは、真実だけだ。たとえいっとき辛いことがあっても、嘘で固めた男と付き合うより、彼のすべてを包み込める男と添い遂げる方が、結局は青木君のためだと信じているよ。つまり、わたしと、という意味だが。

わたしが願うのは青木君をこの手で幸せにしたい、だ。そうであるならば、彼が小山内に愛想を尽かすのが早いほどいいのではないか？　どんな傷でも癒してやるつもりでいるが、浅ければ浅いに越したことはないからね。

周防征洋《すおうゆきひろ》

松村志保《まつむらしほ》さんのことは、早いうちに青木さんに説明なさった方がよろしいですよ、と何度かご忠告申し上げたのだが。避けて通れないことだし、事情がわかれば青木さんもちゃんと理解してくださるだろうからと。

しかし顕光《あきみつ》様は、なんで今さらそんな話題が出てくるのだと一顧《いっこ》だにされなかった。まあ、蜜月でもあるし、青木さんをお祖母様のマンションになんとか連れ込もうと画策なさっているときだったから、ややこしいことは耳に入れまいとなさったのだろうが。

しかしそのせいで、それは最悪の形で青木さんの知るところとなってしまった。

ある政治家のパーティに志保さんと出席されたところを写真に撮られ、婚約者として名前が出てしまったのだ。訝しいと言えば訝しいことだった。顕光様は芙蓉電機《ふようでんき》グループの御曹司とはいえ、現在は学生の身で週刊誌が興味を持つ話題性はないと言える。

もしかしてと思うのは、K大がマスコミ関係に太いパイプを持っており、それを利用できる立場のかたが何やら工作したのでは、という疑惑だ。しかもわざわざ青木さんにその記事を教えているし。よしんばそれが気の回しすぎで、ただの偶然だったとすれば、間の悪い記事の掲載ではあった。

今回、超微細シリコンを手に入れるために、顕光様が取られた手段は、隣に住んで懐柔《かいじゅう》しうまく契約に持ち込む、というもので、その手際の良さは相変わらず惚れ惚れするほどだった。それが恋人になるというオプションがついてしまったのは、青木さんが無意識に放っている魅力に、顕光様が搦め捕られてしまったせいだと、わたしなりに判断している。

写真ではあの方の持つ魅力はとても写しきれない。実際わたしも、近くで接するようになるまでは、顔立ちは整っているが、目立たぬかただと思っていた。たまたま超微細シリコンを開発しただけの、ごく普通のどこにでもいる青年。表情、態度、身体全体から溢れそうな生命力は、青木さんを遠くで見ているだけでは、到底わからなかった。

どちらかといえば、可愛らしい印象を受けるが、しかし、三人兄弟のご長男でもあり、考え方は非常にしっかりしているかただった。ご実家になるべく負担を掛けまいと、バイトで生活をやりくりするという態度も立派だし、今現在は顕光様が側におられ、援助をしようとなさっているのに、必要以上のことは拒んでおられるのも、ぴしっと一本骨があるところを感じさせられる。

そういう意味では、顕光様の側にぜひ欲しい存在ではあるのだが、実はわたしは、青木さんと顕光様の関係については密かに反対している。顕光様の立場云々からではなく、青木さんの方にデメリットがありすぎるからだ。お仕えしているわたしが言うのもなんだが、顕光様はあれでなかなか癖のあるかたで、恋人として付き合うにはかなり難のあるかただ。研究者としても優秀な素質をお持ちの青木さんなら、石丸教授のもと、象牙の塔で研究三昧《ざんまい》の日々を送られることこそが、一番の幸せではないだろうか。

矛盾している、と言われれば、まさしくその通りで言葉もないが。

それにしても顕光様は、どうなさるおつもりだろうか。こうなってもまだ志保さんと交際を続けていかれるのだろうか。それで青木さんを、説得できるのか。「ひとたらし」と言われたあの方なら、そのあたりに抜かりはないだろうが、どうしてどうして青木さんも強情なかただから。

面白がるわけではないのだが、しばらくは静観させていただこうと思っている。

恭巳《やすみ》&石丸&小山内

バイト先のコンビニでもらってきた梱包用の段ボールをそのままに、恭巳はじっと週刊誌を眺めている。午前中大学に出かけたとき、石丸教授に呼び止められて渡されたものだ。経済誌なので、普段なら間違っても恭巳が見ない雑誌だった。

「大丈夫なのかい」

と心配そうに尋ねられると、いったいどういう意味で言っているのかと、内心引いてしまう。小山内と付き合っていると打ち明けたつもりはないのに、時々こんなふうに気を回される。もしかして感づかれているのかとびびってしまうのだ。

「え、別に。こんなの、関係ないですから」

引きつったような声で言ったものの、どうやってその場を辞したのか、よく覚えていない。

「マンションに越しておいで。恭巳と家族になりたいんだ」

と小山内に口説かれて、抵抗空しく引っ越すことに決められてしまった。甘いキスで陥落させられた自分は、チョロいもんだと我ながら情けない。でも、一緒にいる空間が心地がよくて、もっとずっと側にいたいと思ってしまったのだ。

一度頷いたからは、とてきぱきと手続きを進められ、今日明日のうちにも引っ越すというその土壇場で見た、婚約者がいるという記事に茫然としている。

小山内は今日は会社だ。早めに切り上げてくるから、それまでに自分の荷物をまとめておくように言われていた。小山内自身の荷物は周防に任せてあるから、今夜中に片付けてしまおうと。

週刊誌に載っている小山内は、ぴしっとスーツを着込み、清楚なドレスに身を包んだ令嬢をエスコートしていた。あまりにもお似合いで、愕然を通り越して悲しい気持ちになった。自分が隣に並んでも、決してカップルには見てもらえない。

好きだと言われ、口説き落とされた感じで小山内と付き合ってはいるが、自分たちの関係が世間的には認められないものであると改めて思い知らされた気がした。好きだけど、好き、だけでは、世間には通らないのだと。現に女性と一緒の小山内は誰が見ても好一対で、そこに自分が立つよりもよほどしっくりくる。それにしても、

「うそつき。小山内さん、ごまかしてばかりだ」

と恭巳は週刊誌を睨みながら呟いた。

最初は超微細シリコンが欲しくて近づいて来たと言われた。でも好きになったから、そっちはもうどうでもよくなったと、その言葉を信じたのに。

婚約者がいるなんてひと言も。

ドアがノックされて、恭巳ははっと顔を上げた。もう小山内が帰ってきたのだろうかと、なぜか隠れ場所を求めてきょろきょろ視線を彷徨わせる。狭い部屋だ。どこにも逃げ場なんてない。それから、猛然と怒りが込み上げてきた。

なんでオレが逃げ隠れしなくちゃならないんだ？　悪いのはあっちなんだから。

手から滑り落ちた週刊誌を拾い上げ、対決してやると息も荒くドアを引き開けた。

「これ！　説明しろよ！」

開けると同時に週刊誌を突きつけた先には、穏やかな笑みを浮かべた周防が立っていた。

「あ…」

ぽかんと口を開けた恭巳は、周防が笑みを湛えていた顔を困惑に変えて週刊誌を見下ろしたときに、ようやく我に返った。

「お、小山内さんかと思ったんだ」

慌てて言い訳しながら、週刊誌を後ろに隠す。

「ご覧になったんですか」

「小山内さんに婚約者がいたなんて、オレ、知らなかったな」

普通の顔を繕って言うのが、精一杯だった。

「顕光様には、ちゃんとお話しするようにと、何度かご忠告申し上げたんですが」

肯定されて、その事実がずーんと心に圧し掛かってきた。そんな返事をもらって初めて、公私共の秘書だと紹介された彼が、婚約者の存在を否定してくれることを期待していた自分に気づく。

あれは父の見舞から帰った翌日のことだった。

「周防征洋、俺の秘書だ」

と紹介されたのが、彼だった。年齢はたぶん三十歳そこそこ。物腰は穏やかだが、話し方や態度がてきぱきしていて無駄がなく、選り抜かれたエリートだという印象を受けた。連絡を取る必要上、隣の部屋に待機していたと聞いて、恭巳は真っ赤になった。それはつまり、あのときの声も聞かれていると言うことで。しかも、

「俺の大切な相手だ」

小山内が悪びれる気配もなく告げるものだから、恭巳は思わず彼の足を蹴飛ばして階段を駆け下りて逃亡した。近くの児童公園で、すぐさま追いかけてきた小山内に捕獲されてしまったのだが。

「なんで、あんなこと言うんだよ！」

かっかと頭にきたまま詰《なじ》ると、「周防はオヤジの懐刀だから、味方につけておく方がいいんだ」なんて言われ、「はあ？」と呆れてしまった。

「あんたの秘書なんだろ？」

「そうだが、お目付役も兼ねているんでね」

野放しにすると何を始めるかわからない凄味のようなものがある小山内には、そういう重しみたいな存在も必要なのだろう。

なんかうやむやで押し切られた気もするが、自分と小山内がそんな関係であると知りながら、微塵も態度を変えないし、いつも丁寧に接してくれる周防に、いつのまにか信頼感を持ってしまっていた。そして傍若無人なところがある小山内の態度にへこむと、彼のちょっとした弱みをさりげなく教えてくれたりするので、これで懐《なつ》いていたりなんかもする。

「周防さん、知っていたんだ……」

ちょっぴり恨めしそうに言うと、周防は眉を下げて申し訳なさそうな顔をした。

「はい。黙っていてすみませんでした。でもこれは、わたしが申し上げることではないと思っていましたので」

「いいよ、もう。小山内さんにとってのオレが、その程度の存在だったということなんだから」

「青木さん……」

「でも、そういうことなら、オレ引っ越すことはできないよ。何も知らない婚約者のひとに申し訳ないじゃん」

「それは……」

「ほんと、小山内さん、最初から最後まで、オレを騙してばかり」

自嘲するように言うと、急に胸からさまざまな思いが溢れそうになった。このままだと泣いちゃう、と恭巳は、周防を押し退けるようにして外に飛び出した。

「青木さん！」

「ちょっと、頭を冷やしてくる！」

呼び止めようとした周防にそう言い残して。

かんかんと階段を駆け下りていく恭巳の後ろ姿を見ながら、周防は携帯を取り出していた。

「今、出て行かれた。あとをつけるように」

電話の相手に指示を出し、恭巳の身の安全を図ってから、あらためて、同情を込めて道路を走り去る彼の後ろ姿を見送った。なんで相手の気持ちをもう少し思いやれないのか、と小山内に腹立たしささえ覚える。仕事が絡んだときは、周防を唸《うな》らせるほどの洞察力を発揮《はっき》し、ひとたらし、とまで言われた男だというのに。肝心の恋人への配慮が欠けているとはどういうことだ。

周防は屈み込んで恭巳が落としていった雑誌を取り上げた。こんな経済誌を、彼がいつも読んでいるとも思えず、わざわざ知らせた相手のことを考える。小山内が横から奪い去らなければ、おそらく恭巳を手に入れていたであろう男。

「そしてきっと、優しく真綿でくるむようにして青木さんを大切にしただろうな」

だめになるなら、早いほうが恭巳のためだと、小山内の補佐である自分が考えてはいけないことをつい思ってしまった。それだけ、恭巳のことが気に入っているのだ。

「さて、顕光様にも一応連絡しておくか」

恭巳への同情と、自分の進言をないがしろにして最悪な結果を招いた小山内への怒りがない交ぜになって、周防はやや大げさな感じで、恭巳が家から飛び出して行ったことを告げる。

「いったい誰が恭巳に雑誌を見せたんだ！」

受話器の先で、小山内が怒りを露わにしている。

「虎視眈々と狙っているかたがあることは、ご存じだったのでは？」

皮肉っぽく指摘すると、小山内はいったんは言葉を飲み込んだ。しかしすぐに、

「恭巳はどこだ。ガードはつけているんだろうな」

と喚《わめ》きだした。恭巳の研究についての記事が、ついこの間出たばかりだ。芙蓉電機と協同で開発に当たる、と発表されたが、実現化したときの莫大な利益を思うと、これからでも割り込んでくる企業がないとは限らない。それを危惧した小山内は周防に命じて、新たに身辺警護の人員を手配させていた。

「まもなく連絡が入るはずです」

「俺もすぐそっちに行く」

慌ただしく通話が切れた携帯を、周防は背広のポケットにしまった。

「今になって慌てるくらいなら、なぜあらかじめ手を打っておかないのだろう。あれだけ仕事

では有能なかたが」

呟いて、「ああ、そうか」と思い当たった。仕事じゃないから、ミスをするのか。冷静に自分の心を計算できないし、相手が思うであろうことも推察できない。だから、大切なことなのについうっかりをやってしまう。

「まあ早めに掴まえて、せいぜい説得なさってください」

と周防は肩を竦《すく》め、下で待機していた人数を呼び寄せた。指図して小山内の荷物を運び出させる。その間に、荷造りが中途半端だった恭巳の荷物の梱包も済ませた。すべてを運び出させたあとで、何もなくなった部屋を見回してから鍵を掛け、大屋の家に向かう。部屋の清掃はのちほど業者が来て行うことを告げ、契約は解除になった。

「これが、多少の援護になるといいのですがね、顕光様」

頭を冷やす、と言って出て行った恭巳が帰ってきたとき、このアパートにはもう荷物は残っていない。おとなしく新しい住所に赴くか、それとももっとへそを曲げて実家に帰ってしまうか。

「あなたの腕次第ですよ」

薄く笑って、周防はそのアパートに背を向けた。

夏休み間近の児童公園は、感傷に浸る環境にはない。

夕暮れが近いというのに、まだ暑い日差しの中で、膝までの小さな水場には、幼い子供達を連れた母親が集まり、ブランコや滑り台も、暑さをものともしない子供達の歓声でにぎわっている。

胸に溢れる感情をなんとかしようとここに来たものの、目の前の光景に目眩がしそうで、恭巳はとぼとぼと引き返した。しかし、家にはまだ帰りたくない。携帯が二度ほど鳴ったのも無視し、電源を落とした。その携帯をぼんやり見ながら考える。

誰かいないかな。何も聞かないでばか話してくれるやつ。ふっと久保田《くぼた》の名前が浮かんだが、だめだと首を振る。久保田はこの時間、たしか宅急便のバイトに行っているはずだ。

正規の夏休みはまだだったが、講座によっては早めに休講するところもあり、バイト学生にとってはかき入れ時の季節がやってくる。恭巳も期間限定の塾の夏休み講座を受けた。引っ越しが終わったら、さっそくスケジュールに追われることになる。

そのことも、ついこの間小山内と口論の元になった。そんなに無理する必要はないだろうと言う彼と、できるだけ自分のことは自分でまかないたいと言いはる恭巳と。

「恭巳、俺は君の恋人なんだぞ。せっかくの休みに君と旅行したいと考えているのに、なんだこれは。まるきり休みなんかないじゃないか」

受験生にとっては、正念場の夏である。中学受験、高校受験の彼らにとって、盆も夏休みもあるはずがない。当然教える方も休みはない。

「だって、いるのは学費だけじゃないし」

学費はすでに納入済だ。小山内が、恭巳の知らないうちに払ってしまっていた。

「あれだけの研究を一手に任せてもらうんだ、当然のことだ」

だから、それは納得している。弁護士立ち会いのもと、いろんな契約書にサインもしたし、
卒業後は、芙蓉電機に籍を置きながら、院生となることも決まっている。ついこの間までは思ってもみない未来が、恭巳の前には開けているのだ。だからこそ、甘えっぱなしは嫌だと思う。

マンションで同居するなら、食費くらいは入れたいし、自分の身の回り品くらいは、自分で整えたい。その自立心が、小山内を刺激するのだ。自分から離れよう、離れようとしているように感じると。

好きだ、だけでは片づかない問題は、ここにも転がっていた。

ほかに呼び出せる人間を思いつかずに携帯をしまうと、恭巳はのろのろとアパートに引き返した。周防さんが荷物を運び出していれば、少なくとも小山内が帰るまではひとりでいられる、と自分に言い聞かせながら。

幹線道路を横切る横断歩道で、ぼんやり信号の変わるのを待っていると、軽く鳴らされたクラクションに、はっと顔を上げた。

「青木君、どうしたんだね、こんなところで」

「石丸教授……」

すっと歩道に近寄って止まった車に、石丸の笑顔を見てぎこちなく会釈する。週刊誌の記事を教えてくれた彼になんとなく今の落ち込みを知られたくなくて、信号が変わったのをいいことに逃げるように横断歩道を渡ろうとすると、なんと石丸は車を降りて来た。つかつかと恭巳目指して歩み寄って来る。


「教授、ここ、交差点……」

渡りかけた途中でそれを見て、恭巳は仰天して立ち止まった。

石丸は悠々としたものだ。車道から歩道に回り込み、あっけにとられてされるままの恭巳の腕を掴むと、車までエスコートしていった。


「乗りなさい」

信号が変わり、周囲の車が一斉にクラクションを鳴らし始める。拒絶の言葉は喉元まで込み上げていたけれど、けたたましい音の抗議に、恭巳は慌てて車に乗り込んだ。にこっと笑ってドアを閉めた石丸は、そのあとも焦るようすもなく、堂々と前方を廻って運転席に向かっている。

早く車を出して、と念じながら、恭巳は助手席で小さくなっていた。周囲から浴びせられる轟々たる非難をあっさり無視してしまえるほど、人間はできていないのだ。

ようやく車が車列の流れに滑り込んで、恭巳はほっと背中を伸ばした。革の匂いのするシートが、恭巳をゆったりと受け止めてくれる。小山内が乗る車も似たような高級車だったが、好みは全く違うようだ。小山内は車内を茶系の落ち着いた色合いで統一していたが、こちらは淡いホワイトで内装がまとめられている。つまり汚れやすいということで、でも新品みたいに綺麗だった。

自分でせっせと掃除する石丸なんて想像できないや、と恭巳はちらりと運転席の石丸に視線を送る。きっと、どこかのスタンドで定期的に綺麗にしてもらっているのだろう。

「ん？ なんだね」

敏感にその視線を察したらしい彼に尋ねられて、「なんでもない」と首を振った。

「それより、どこに行くんです？」

「そうだね。夕食にはちょっと早いが、近くにうまい料理を出すレストランがあるんだ。そこに行こう」

「でも、オレ。アパートに帰らないと……」

何もかも放り出して来ている。大人なんだから、小山内ときちんと話をしなければならない。逃げてるだけでは、何も解決しない。わかっているからこそ呟《つぶや》いたのだが。

「帰りたくないって顔をしているよ」

「それは、そうなんですけど」

「もしかして、わたしが渡した週刊誌が原因？ 小山内君と揉めたのかな」

「ちが……っ」

慌てて否定したが、一瞬表情が暗くなったのを見抜かれてしまった。

「それならなおさら、償いをしなくてはね」

石丸はハンドルを切って左折すると、入り組んだ道をしばらく走り植木に囲まれた駐車場に入っていった。目の前には山小屋風の洒落た建物が建っている。丸太をそのまま組み合わせたようなウッドハウスだ。玄関ドアのカウベルを鳴らして中に入ると、感じのよいフロアスタッフがさっと席に案内してくれた。メニューとドリンクも間髪を置かず差し出される。

「コースにしておくといい。あれこれ悩むより、この店の味がいろいろ楽しめる」

一応メニューは広げたものの何を頼んでいいかさっぱりわからなかった恭巳は、素直に頷いて、それを置いた。

「コースふたつ」

と石丸が頼むと、ご飯かパンか、スープはポタージュかコンソメかと確認された上で、待つほどもなく前菜が運ばれてきた。

「はやっ」

レストランと言えば注文してからかなり待たされるものと思っていた恭巳は、目を瞠《みは》る。バイトしている定食屋でも、これほど早くない。

続いてサラダとスープ。このテーブルの担当が常に注意を向けているのだろう。皿の料理がなくなりかけると次の皿が出てくるといった感じで、メインディッシュの鶏肉のキノコソースかけまではかなり時間がかかっているはずなのに、ちっとも待った気がしない。

食後のデザートのアイスクリームを、「わたしのぶんも食べなさい」と回してもらったのには、その子供扱いの少し複雑な気持ちになったが、舌に載せると蕩けそうな味に、ラッキーと有り難くいただくことにした。そのようすを、石丸は薫り高いコーヒーを飲みながら楽しそうに見ている。

「だいぶ気分は浮上したようだね」

はあぁ、もう満腹、と腹をさすって椅子に凭《もた》れたとき、石丸に言われて、そう言えばそうだなと首を傾げた。おいしい料理は心の屈託も一掃してくれるのだろうか。料理に付いていたワインを、自分は車だからと石丸のぶんまで差し出され、少し酔っていることも、影響しているのだろう。

婚約者がいるという記事が頭にこびりついていたのに、今はそんなことはどうでもよくなっている。好きになったのは自分の方だし、たとえ最初から婚約者がいると知っていても、気持ちは傾いていただろう。ただし打ち明けることなく、密かに片思いしていただろうけれど。

だから、黙っていた小山内さんをとっちめなくちゃな。オレと婚約者、ふたりに泣きを見させることになるとわかっていたはずなのだから。

「はい。おなかが脹《ふく》れると、人間なんでも楽天的になるんですね」

「それは君だからだろう。いつも前向きで羨《うらや》ましいよ」

「教授、それってまさか単純ばか、とか言ってるんじゃないでしょうね」

「いやいや、そんな失礼なことは言わないよ。だいたいわたしは、ばかを院へ誘ったりはしない。しかも、大学の規則をねじ曲げて勧誘するなんてことはね」

「はあ」

確かに大学院への進学希望はすでに締め切られていて、どうやって石丸が恭巳を枠に押し込んでくれたのか、わからないままだ。尋ねても、「政治力だよ」と笑っている。それを聞いた小山内が、少しばかり忌々しそうな顔をしたのが気になったが、あまり深くは考えなかった。

「さて、堪能したところで、もう一軒付き合ってもらおうかな」

おなかがいっぱいで、そろそろ時間も気になりだした恭巳は、もう帰りたいと思ったのだが、ご馳走してもらった手前あからさまにそうとも言えず、優雅に立ち上がった石丸を訴えかけるように見つめた。石丸は、恭巳の思いは百も承知だろうに、知らん顔して手招きする。

しぶしぶ立ち上がると、くらっと目眩がした。

「あ……れ？」

少しワインを飲み過ぎたようだ。ふわふわして気持ちはいいのだが、身体に力が入らない。キャッシャーにカードを渡していた石丸が気がついて、引き返して来てくれた。支えられて、店を出る。

「すみません、なんか酔ったみたいで」

「悪かったね。わたしのぶんのワインも押しつけてしまったから。気持ち悪いかい？」

「いいえ。ぜーんぜん。なんか世界がバラ色って感じですぅ」

酔いのために、自分が大げさな言い方をしているのだと気がつかない。恭巳の状態を正確に察した石丸が、くすくす笑いながら貸してくれる腕に縋《すが》って、車に連れて行かれる。ふらふらしている恭巳を気遣って、教授の手はさりげなく腰に滑っていった。

店に入るときは、まだ夕方だったが、今はもうすっかり暮れている。涼しい夜風に当たって、のぼせていた恭巳に僅《わず》かながら理性が戻ってきた。途端に自分の体勢に困惑する。腰に腕を回されて引き寄せられ、必要以上に身体が密着している。他人の体温がひどく身近に感じられて落ち着かない。自分がふらついているのが悪いのだとはわかっていたが、それでも……。

「あの、教授？」

周囲の目を気にして声を掛けると、「なんだね」と、不思議そうに聞き返される。

「えっ……と。腕……なんですが」

腰に回されている腕を解いて欲しいと、はっきり言えなくて口ごもると、石丸はくすっと笑って腕を外してくれた。

「ふらふらしているから支えてあげたのに、いらないお世話だったたか」

悪かったねと言われると、罪悪感に駆られてしまう。

「いいえ、オレの方こそ……、ぅわっ」

慌てて首を振ると、またぐらっと身体が揺れた。完全に酔いが抜けたわけではないので、支えがないと危なっかしい。恭巳は掴まるものを求めてやみくもに手を伸ばした。石丸はそれを力強く受け止めて、しゃんと立たせてくれる。

「だから支えてあげていたのに」

恨みがましく言われて、

「す、すみません」

と平身低頭した。助手席に導かれ、腰を下ろすと、ふうっとため息が漏れた。ワインが、相当効いている。

「もう一軒、と思ったけれど、どうやら帰った方がよさそうだね」

「……すみません」

小さな声で謝るはめになった。

石丸は滑らかな運転で、恭巳のアパートに向かってくれた。古びた階段の側に横付けしてくれ、恭巳は礼を言いながら車を降りた。

「中に入るまで見ていてあげるから、行きなさい」

それはデートした女の子に対する気配りですよ、と危うく突っ込みそうになって、恭巳は酔いが自分の口を軽くしているんだと慌てて口を噤んだ。確かに石丸とは親しく口をきき合っているが、それは大学構内でのことで、外でまでこんなに親しい仲じゃなかったはず、と首を傾げながら階段を上がった。

ごはん、奢《おご》ってもらっちゃったんだよな。よかったのかなあ。一食浮いたのは助かるけれど。

なんてことを考えながら、鍵を取り出してドアを開けた。電気のスイッチを探りながら、恭巳はすでに異変に気づいていた。月明かりで部屋の中がぼんやり見えている。窓のカーテンがないからだ。飛び出す前、積み上げていた荷物も消えていて、部屋の中は綺麗さっぱり片づいていた。

「な、んで……」

戸口で、茫然としてしまう。これが小山内の意思表示なのだろうか。四の五の言わずについて来い、といったたぐいの。それにしても、誰もいないなんて。

ぼんやりと、小山内が待っていてくれると思っていたのだ。周防から、恭巳が婚約者のことを知ったと報告がいったはずで、そうすればちゃんと釈明に来てくれるはずと。

言い訳する気もないんだ……。

「青木君？」

部屋にも入らずぼうっと立っていた恭巳は、声を掛けられてぎくりと肩を揺らした。

「なかなか電気がつかないから、どうしたのかと思って」

心配して出て来てくれたらしい。恭巳は虚勢を張って、なんでもないことのように肩を竦めた。

「オレの荷物、先に運ばれちゃったらしいです」

「引っ越し？」

「はい」

芙蓉電機の社員寮に、特別に入れてもらえることになって、と言い訳しなくては。わかっているのにフォローする気力がなかった。黙っていると、恭巳の顔を見ていた石丸が、ふっとため息をついた。

「小山内君の関係なんだ」

「はい」

そうとしか答えられなくてもう一度肯定すると、「行こう」と石丸に腕を取られた。そのまま強引に階段に連れて行かれる。

「え？　教授？」

勢いよく引っ張られたので、もともと酔いで頼りなくなっていた足元が縺れた。

「うわっ」

階段を踏み外しそうになったところを抱えられる。触れていた二の腕がぐっと盛り上がって、その意外性に恭巳は息を飲んだ。

細身で学究の徒という印象が強い石丸だが、まさか脱ぐと凄いんです、なんじゃないだろうな。とか思いつつぽけっと石丸を見上げ、そう言えば小山内だって、背広を着ているときはすらりとして見えるのに、素肌になると、バイトで鍛えたはずのオレの筋肉が、恥ずかしいほど貧弱だった。

つい余計な連想まで働いてしまったのは、弾みで凭れ掛った石丸の胸にも、きっちりした筋肉の弾力性を感じたからだ。オレだけなんでこんなに……とは、男だったら誰だって思ってしまう悔しさだ。

「気をつけて」

そんな複雑な男心が石丸にわかるはずもないのに、体勢を立て直した恭巳から彼はすっと手を引いてしまう。危なければ手を差し伸べるが、余計なところまで手は貸さないというスタンスが窺えて、居心地がよい。

そうかあ、教授ってこんな気配りもできるひとだったんだ。

親しいつもりでも、プライベートでの付き合いはさしてなかったから、今改めて知る事実だった。そういえば何度か「遊びにおいで」とか、「食事に行こう」とか誘われたことがあったっけ。バイトが忙しくて全部断っちゃったけれど、行っていれば、こんな教授をもっと早く知ることができたんだろうな、とちょっと惜しくなった恭巳だった。

エンジンを掛けたままだった車に押し込まれて、嫌も応もなくシートベルトをされる。触れんばかりの近距離で、教授がつけている柔らかなコロンの香りが鼻先を掠めた。そのまま走り出した車の中で、恭巳はまだ状況を把握できずにぐるぐるしていた。酔いが普段の判断力を半減させている。

オレ、なんでこんなところに座っているんだ？　アパートのあれを見たら真っ先に小山内さんに連絡しなきゃいけないのに。でも、こちらから電話するのは、悔しかった。釈明すべきは、小山内の方なのだから。確かにあの部屋は小山内が借りていた部屋で、恭巳は居候させてもらっていた身だ。アパートの契約が解除されるなら、恭巳が居続ける権利はない。引っ越しにも同意していた。

でも、婚約者がいるなんて知らなかった。

恭巳の思いは結局そこに返ってきてしまう。

車が停まって、恭巳ははっと物思いから覚めた。

「ここ……」

「わたしの家だ」

左右に延々と続く錬鉄製の塀に、目を奪われる。その間に石丸は運転席から操作して門扉を解錠し、車を乗り入れてしまう。車の最後尾が門内に入ると、今度は自動的に閉まり始めた。

恭巳は、自分の身長を超える堂々たる門扉がしずしずと閉まっていくさまを、身体を捻って後ろの窓から最後まで見届けた。

「……すご」

門から玄関まで車で走る家、なんてのも初めてだったが、木立が途切れて目の前に開けた空間に、でんと建っている明治の雰囲気を漂わせる洋館にも目を瞠った。

「もともと両親の家だったが、引退して季候のよい田舎に引っ越してしまってね、用事のあるときしかこちらには帰って来ないんだ。ほとんどの時間、わたしひとりで寂しく暮らしている」

確かにこの広さでひとりは寂しいだろうな、と恭巳も暗闇に佇《たたず》む広々した建物を見て頷いたときに、車が停まって玄関のドアが開き、きちんとスーツを着た初老の男性が現れた。

なんだ、ひとりじゃないじゃん。

思わず思ってしまった恭巳だった。

「お帰りなさいませ」

その男は、丁寧にお辞儀をして石丸を迎え入れ、預けられた車のキーを、側の若い者に渡して車庫に入れるように指示している。

「書斎に、何か飲み物を運んでくれ」

低い段差の玄関で靴を脱いで上がると、広々した玄関ホールに気を取られる間もなく、正面奥の階段に導かれる。複雑な彫刻の施された手すりに恐る恐る触れると、滑らかな木の感触が伝わってきた。

上がりきった先を右に折れ、重厚なドアの前を幾つか通り過ぎて石丸が案内してくれたのは、三方が天井までの書棚でびっしりと覆われた部屋だった。窓はひとつもなかったが、室内はいくつかの間接照明でほどよい明るさが保たれている。

「祖父母以来の蔵書が全部収められている」

天井の高い部屋だった。そこに隙間なく収められた本は、圧巻である。ついここまで連れてこられてしまったが、こんなことをしている場合じゃないと我に返る前にこんなものを見せられて、恭巳の意識はなかなか現実に戻りきれない。微かに口を開けたまま、ぼうっと部屋を眺めていた。

ドアがノックされ、立ち尽くしたまま本に見惚れていた恭巳は、ようやく現実世界に戻ってきた。石丸を見ると、ソファにゆったりと身体を預けて、微笑しながら恭巳を見ている。部屋の中には、読書をするのに都合よさそうな安楽椅子も置いてあって、

「お茶が来たようだ。座りなさい」

と促されると、どこに座っていいか迷ってしまう。手招きされるまま、石丸の隣に腰を下ろして、慌てて立ち上がった。

「オレ、行かなくちゃ」

のんびりお茶なんか飲んでいてはいけないのだ。

自分がどうして石丸とこんなところにいるのか、今ひとつよくわからない恭巳は、焦ったようにドアに向かおうとする。

「まあ待ちなさい」

それを素早く石丸が引き止める。細いけれど、骨張って力もありそうな指が、恭巳の二の腕を捕らえている。

「教授?」

「お茶を飲んでからでも、十分だろう? 君の意志を無視して勝手にことを運ぶ彼らには、もう少し心配させてやりなさい」

やんわりと言われ、それもそうだと思ってしまった恭巳は、腕を引かれるまま、またソファに腰を下ろした。今度はさっきよりももっと石丸に近づいた場所で、相手の体温まで伝わってきそうだ。まだ腕を掴まれたままなので逃れようもなく、そわそわしながら困惑した顔でいると、ドアが開いてワゴンを押しながら先ほどの初老の男性が入ってきた。

ほどよく温められたカップに、しずしずと紅茶が注がれる。ふわりとまろやかな香りが立ち上った。

「失礼します」

恭巳と石丸のそれぞれの前に、カップを置き、ミルクとシュガー入りの小さな器を中央に置いてから、彼はワゴンを押しながら部屋を出て行った。

「うちの執事の安西は、絶妙な味わいの紅茶を淹れてくれるんだ」

悪戯っぽく石丸が言う、執事という呼称に、恭巳は目を瞠った。日本にも、そういう仕事をするひとがいるんだ、という驚きである。

勧められてカップに手を伸ばし、砂糖を入れておずおずと口をつけた。

「あ、なんか普通の紅茶と違う」

口の中でまろやかな味わいがある。

「違うはずだよ。茶葉から厳選しているんだから。淹れ方も本場仕込みだし」

「オレ、紅茶って色がついている砂糖水だとずっと思ってました」

「それは紅茶に対する冒涜《ぼうとく》だよ」

石丸に笑われてしまった。確かに今飲んでいるこれは、香りといい、口にしたときの味わい深さといい、紅茶も葉を選び淹れ方をきちんとしたら、こんなふうになるんだという見本でもあった。

それにしても、と恭巳は改めて石丸を見る。

「教授って、お坊ちゃんだったんですね。こんな凄い家に住んでいるし、ひとり暮らしだというのに、さっきの執事さんだとか、ほかにも家のことをするひとがたくさんいて」

「君の小山内君には負けるけれどね」

石丸に苦笑しながら言われると、今度は恭巳が引きつった笑いを浮かべた。「君の小山内君」とはどういう意味なんだろうか。なんとなく居心地が悪くなって、残りの紅茶を急いで飲み干した。

「じゃ、そろそろオレ……」

「まあいいじゃないか」

「でも……」

「小山内君にはわたしと一緒だからと連絡しておいたから」

「え？」

いつのまに、と恭巳は驚く。ずっと一緒にいたのに、石丸が電話を手にした記憶はない。

「迎えが来るまで、ゆっくりしていなさい」

そう言って今度は石丸は、ロマネ・コンティだというワインを出してくれたのだ。

どうしようと浮かしかけた腰が、すとんと落ちた。名前だけは有名だけど、見たこともない最高級ワインの名前に、つい気を引かれてしまったのだ。さっき飲んだ口当たりのよかったワインの味も思い出した。あれは、ワインなんてまずいものと思っていた恭巳の意識を、根底から覆してくれたのだ。

「さっき店で飲んだのはシャトー・ラトゥールだ。芳醇と評判の一九七五年ものだったが、気に入ったようだね。あれをおいしいと思うなら、ロマネ・コンティはぜひ味わってみることを勧めるね」

クーラーに入れられて届けられたビンを引き上げ、水気を拭ってからおもむろにコルク栓を引き抜く。ワイングラスに注いだものを差し出され、恭巳はおずおずと受け取った。深みのある赤い色、言葉にはできない複雑で微妙な香り。

「飲んでごらん」

促されて、おそるおそる口をつけた。

なんだろう、これ。舌にふわりとまつわりつく絹のような滑らかさ。口の中にじわりと染みてくる。

「おいしい」

思わず呟いて飲み干すと、石丸がまたグラスに注いでくれた。さすがにがぶ飲みはどうかと思い、今度は味わうように飲んでみたが、口当たりの良さでついついグラスを空けてしまう。

「気に入ったようだね。よかった。これは一九九八年のもので、五〇六四本しか生産されなかったうちの一本だ」

こくりと飲み込んだあとでそんなことを言われて、飲んだワインが喉に詰るような気がした。咳き込んだ恭巳の背中を優しく叩きながら、石丸が笑っている。

「もの凄く、高い？」

「そんなでもない。一本がせいぜい四十万くらいだから」

「……！」

今度は胃がかっと燃え上がったような気がした。

「これ一本が四十万！　そんなのをオレ、こんなにごくごくと……」

見下ろしたグラスには三杯目が充たされている。

「飲むために開けたのだから、遠慮するんじゃないよ。飲み残したりしたら、それこそワインが泣くぞ」

促されて、つまみとして一緒に出されたチーズに手を伸ばし、キャビアの載ったカナッペをしげしげ眺めながら口に運んだ。そして注がれるままにワインを飲み続けたのだ。

「ただし、アルコール度は高いから、酔いつぶれても責任は持てないが」

自宅だからと、今度は石丸も恭巳と一緒にグラスを傾けている。それにつられ、遠慮なく飲み食いしていた恭巳は、途中で呟いた石丸の言葉など聞いてはおらず、一気に回り始めた酔いに気づかないままいつのまにか石丸に寄りかかっていた。

「らから！　酷いんらよ」

回らぬ舌で、相手が自分の担当教授であることも忘れて訴える。

「婚約者がぁ、いるんらら、最初から、そう言えてんらよ。ねえ」

相づちを求めたのに、石丸がただ苦笑しているだけなのを目に留めると、膝に乗り上げるようにして襟元を揺さぶる。

「ねえってばぁ」

「そうだね」

ようやく頷きを得て、恭巳は安心したように身体を引こうとし、石丸に引き止められて、そのまま膝の上に居座った。近距離で向き合ったとんでもない体勢だというのに、酔っぱらった恭巳には、その異常さはわからない。左手で摘んでいたチーズを食べようとして、何を思ったか石丸の口元にそれを突きつける。

「あげる。おいしいよぅ。あーんして」

石丸が口を開けないと、恭巳は唇にうねうねするチーズを押しつけた。

「あげるって言ってんのにぃ」

酔っぱらいには敵わないな、と呟きながら別に嫌そうな感じでもなく石丸は口を開け、恭巳が押し込むチーズを咀嚼《そしゃく》した。ついでに一緒に口の中に入ってきた人差し指も舌で舐めてやる。

「あ、ん」

指先をチーズごと軽く噛んでやると、恭巳の唇からは酷く色っぽい声が零れてきた。

「ふうん。これはなかなか」

引き抜こうとするのを歯で止め、ちゅっと吸い上げると、恭巳はさらに堪らない、という顔をしてみせる。酔いで自制心を完全になくしているから、感じるままに声を上げるのをおかしいとも恥ずかしいとも思わないのだ。

「こういうところを見せられると、逃した魚がどれほど大きかったか、今さらのように感じてしまうねえ。青木君、恭巳？　小山内君と別れる気はないのかね」

「へ？　小山内ぃ？　あいつらんか、あっち向いてほいら」

ふん、とそっぽを向き、石丸の膝の上で身体を捻りワイングラスを掬《すく》い上げると、入っていたワインを飲み干した。

「お代わり！」

「はいはい」

それを咎《とが》めるでもなく、石丸は恭巳の酔っぱらいぶりに目を楽しませながら、ビンを傾けてワインを注いでやった。

「んー、んまいっ」

それをもう一度一気に飲み干したかと思うと、指からグラスがころんと落ちた。恭巳自身は、くたっと石丸の胸に凭れ掛かる。

「おっと」

そのままずるずるとずり落ちかけるのを、石丸が支えた。

「ほんと、可愛いねえ。このまま攫《さら》ってしまおうか、小山内君がここだと嗅《か》ぎつけてやってくる前に。たとえば豪華客船のクルーズとかに連れ出せば、きっとばれないと思うんだがなあ」

膝の上に抱えられ、上気した頬を石丸の胸に預けて気持ちよさそうに寝こけている恭巳には、石丸の不穏な呟きは聞こえなかった。意識があったなら、「小山内さんに連絡したというのは嘘なんですか」と詰め寄っていることだろう。

「だいたい、どうしてわたしがそんな親切をしてやらなければならないのかね、恋敵に。恋人なら、当人をもっと大切にしてやるべきだろう」

腹立たしそうな口調で言いながら、ほろりと恭巳の頬を伝った涙を拭う指先はとても優しい。

「夢の中でも、泣いているのか」

週刊誌の記事が、恭巳を落込ませているのは重々承知していた。石丸自身、ちょっと波風を立ててやろうと意図的にしたことだから。しかし、泣かせるつもりはなかった。ここまで恭巳を放っておく小山内に怒りさえ感じる。記事が出ると同時に、いち早く恋人にはフォローしているだろうと思っていたのに。気にかかって車を走らせてみれば、しょぼんとしている恭巳に出くわしてしまった。

恭巳君が婚約者の存在を知ってから、何時間経っていると思っているんだ。

その恭巳を連れ回して所在不明にしているのは、石丸自身なのだが。

眠っているせいか、恭巳の体温は幼子のように高い。柔らかな髪を掻き上げ、頬に触れ、半開きのピンク色の唇を突つきながら、石丸は自分のしたことを棚に上げて、不実な小山内の仕打ちを怒っていた。

「堯宗様。お客様がお見えです」

邪魔をするのを酷く恐縮しているような控えめな安西の声が、内線から聞こえてきた。

「誰？」

聞かなくてもわかっている気はしたが、念のために問うと、

「小山内様とおっしゃるかたです」

「やれやれ、ようやく来たか」

案の定、彼だった。週刊誌を渡したのが石丸とわかった時点で、見当をつけたのだろう。もっとも自宅はいくつかあるから、ここだと調べがつくまで時間がかかったようだが。

「それにしても、遅すぎる。推理力を誉める気には、とてもなれないね。ねえ、恭巳君。本当にわたしに乗り換える気はないかね」

起こさないように、そっと抱きかかえて、ソファに横たえてやる。恋人が別の男の腕に抱かれているのを見て、小山内が切れるのを危ぶんだのだ。それも恭巳のために。切れた小山内が、恭巳を責めては可哀想だと。

軽いブランケットを恭巳に掛け、床に転がっていたグラスをテーブルに戻し、それだけは譲るつもりはなかった、眠っている恭巳の側に座って、小山内が通されて来るのを待ち受ける。

「さて、どんな顔をしているのか、楽しみだねえ」

「失礼します」

と言う安西の声と共にドアが開き、一歩下がった彼の前を、小山内が入ってきた。ひと目で、ソファで眠っている恭巳と、近々と側に座って柔らかな髪の毛に指を潜らせていた石丸のようすを目に入れたようだ。それにしては慌てたようすもなく、

「夜分お邪魔します」

と、まずは尋常な挨拶だった。

「いや、こちらこそ連絡しないままで、悪かったね。なんか、引っ越しの途中だったんだって？　あんまり恭巳君が落込んでいたので食事に誘ったら、わたしの家に行きたいと言い出してね」

恭巳君、と下の名前で呼んだ石丸の挑戦に、小山内は無表情で対した。

「そうですか。それはお世話になりました」

大根役者なみの棒読みの台詞で礼を言うと、つかつかと歩み寄り、ブランケットを剥がしてさっと恭巳を抱き上げる。態度で見せているほど、余裕があるわけではなさそうだと、石丸はほくそ笑んで小山内の行動を見ていた。

「それにしても、婚約者とは。どういうつもりなんだね、小山内君。あんまりじゃないか。わたしは恭巳君に同情したよ。飲み慣れない酒で酔いつぶれるほど彼を悩ますとは。ちゃんと理由があることなんだろうね」

「部外者のあなたに、釈明する気はありませんよ」

「ふうん、部外者ね。わたしとしては関係者のつもりなんだが」

「横恋慕する人間が、関係者ですか？　それはまた、随分身勝手な理屈ですね」

「横恋慕なんて、誰が決めたのかね。たまたま今は、恭巳君が君に誑《たぶら》かされているだけじゃないか。目が覚めれば、きっと恭巳君も……」

言いかけた先で、小山内がくるりと背を向けた。ぎりっと歯軋りをする音が聞こえたような気がする。

「何があっても、わたしはこれを放しませんよ」

挑戦的ともいうべき言葉を残して、小山内がドアに向かう。その後ろ姿に、

「せめて、ロマネ・コンティを持っていかないかね。恭巳君は、随分これがお気に入りだったよ」

半分以下になってしまっているワインの瓶を指さすと、

「ロマネならうちにもありますよ。一九九五年のやつですけれどね。果実味が残っているということで珍重されてるやつです。恭巳が好きなら、ひと瓶まるまる飲ませてやりますよ」

と言い返してきた。そのまま出て行ってしまった小山内の背後でドアが閉ざされ、部屋はしんと静まり返る。

どう挑発しようと、今のところ小山内の優位は揺るがない。連れ去られるのを、指を銜《くわ》えて見ていなければならないのも、「なかなか辛いものがあるねえ」と、まだ恭巳の体温が残っているソファに軽く手を置いたまま、石丸は眼差しを落とした。しばらくして小さなため息がその唇から零れ落ちる。

「堯宗様？」

突然声を掛けられ、部屋にひとりだと思って気を抜いていた石丸が、はっと顔を上げた。

「安西、まだいたのか」

「あの少年をお望みでしたら、いろいろやりようはあろうかと思いますが……」

「少年ではないよ。幼い顔はしているが、ちゃんと成人した青年だ」

「それは、失礼しました」

少年と言った部分にのみ謝罪の言葉を述べ、安西は、石丸の指示を待つ。主が望めば、密かにひとを動かすこともできる。そうしたほのめかしを、石丸は苦笑して退けた。

「つい弱気を晒《さら》してしまったようだね。わたしとしたことが。この件には安西は口を挟まないように。自分の手であれこれやってみるのも、楽しみのひとつなんだよ。ましてその結果の賞品が、彼、ならば張り切り甲斐があるというものだ。ただし、彼の幸せを無視して、無理やりにことを進めるつもりはないよ」

「差し出がましいことを申しました」

安西は、頭を下げて部屋を出て行く。

今度こそひとりになった部屋で、石丸はすやすやと眠ったまま連れて行かれた恭巳に思いを馳せた。

「まさか、わたしのもとで酔いつぶれたことを責めやしないだろうね、小山内君。そんなことをしたら、恭巳君の気持ちはますます頑なになってしまうよ。まあ、それならそれで、わたしのチャンスが広がるというものだが」

次はどういう手で恭巳君を引き寄せようか、と石丸は微かな笑みを浮かべながら思いを巡らせ始めた。


「恭巳」

柔らかく耳元で囁かれて、ふわふわと漂っていた心地よい眠りから、ほんの少し現実に引き寄せられる。

「ううん、や……」

まだ起きたくないと、頭を振る。だって、今いるところはなんの悩みも惑いもなくて、居心地がいいのだ。現実世界は、あれこれもの思うことが多くて、ときには逃避したくなる。

「起きないと、このましちゃうぞ」

さわっと胸を撫でられて、

「んんっ」

と恭巳はむずかるような声を上げた。心は夢の中を彷徨《さまよ》っていても、直接与えられる愛撫は心地よい。乳首を摘まれて、

「ああん」

と可愛らしい声を漏らす。

「どうやら、どこも触られていないようだが。しかしあの教授もしつこい」

隙を見ては仕掛けてくるやり方に、恭巳に対する並々ならぬ執着を感じる。

「そんなに欲しかったのなら、なんで俺が現れる前に自分のものにしておかなかったんだ？」

もっとも、そうなっていても、横取りしていたけれどな。

と、自身もたっぷり持ち合わせていた執着を再認識する。

恭巳が着ていたものはすべて脱がせて、念のためにくまなく身体を調べたあとだ。手つかずで返してくれるなんて、なかなか紳士的ではあるが。しかし、そもそも今回の騒動を引き起こしてくれた張本人だから、感謝なんか、する気もない。

滑らかな素肌を触っていると、ついむらむらとしてしまう。

「ほんとにこのましてしまおうか」

触ると感度よく声を上げるので、つい調子にのって愛撫の手を走らせるうちに、小山内自身、収まりがつかなくなってきた。両手に余るほど華やかな付き合いを重ねてきたが、これほど執着した相手も、見るだけで際限なく欲情してしまう相手もいなかった。

「松村志保の存在は、恭巳に注目を招かないためにも利用価値があったのだが」

そのために恭巳がふらふらして、万一石丸の懐に飛び込んでしまうようでは、本末転倒だ。惜しいが切るしかないだろう、と考えたところで、小山内の意識は、すべて恭巳の方に向けられた。

繊細なタッチで触れていた乳首がつんと突き立ち、股間のモノが熱を持ち始めたのを見たせいだ。同じモノを自分も股間に飼っているが、まさか自分のモノにほおずりしたいなどとは思いもしないが、それが恭巳のものだと思うと、愛しく感じる。触れたいし、舐めたいし、しゃぶりたい。

恭巳の何もかもに惚れているということを再認識しながら、自分も服を脱ぎ捨てた。ベッドに横たわる恭巳の上に覆い被さっていく。

微かな吐息には、酔いの気配がある。無防備に酔いつぶれていた恭巳のことが忌々しい半面、その原因を思うと、つい顔がにやついてしまう。嫉妬するほど好かれているとわかるのは心地よい。

ピンク色の唇に優しく口づける。無防備なその中に無遠慮に舌を滑り込ませ、恭巳の快感のスポットを暴き立てる。舌のつけ根や、上顎の下側、舌先を少し噛んでも敏感に身体が撥ねる。

「ううん……んっ」

息が苦しいのか、首を振ってキスを逃れようとするのを、顎を押さえて貪った。満足するまで口づけてようやく放してやると、たっぷり味わった証しのように、細い銀の糸が互いの唇を結んでいた。もう一度軽くちゅっと音を立てるキスをしてから、小山内は攻撃目標を身体の方にずらしていった。

恭巳は今のキスで、息を切らせていた。喘《あえ》ぐように忙しなく息を吸っている。もうすぐ目も覚めるだろう。

そのどぎときと高鳴る胸の、ぽつりと突き立った乳首を、そっと口に含む。舌で舐め回しときおり歯もたて、最後は吸い上げる。

「んー、ん……っ」

甘えるような鼻声を上げて、恭巳が身体を捩った。のろのろと手が動いて、自分の胸に不埒な悪戯を仕掛けているものに触れ、触った先の小山内の髪の毛を無意識のうちに引っ張っている。引っ張るというより、それは痙攣に近いささやかな動きだった。やめてと言うのか、もっとと言うのか、細い指が伝えてくる意志は不明だが、小山内は自分に都合よく解釈して、さらに愛撫の手を強くした。

弄《いじ》っていた胸の突起から離れ、ダイレクトに股間を握ってやる。勃《た》ち上がりかけていた恭巳自身がくっと撓《しな》りを増した。そのまま唇の中に導いて、先端を舌で擽《くすぐ》りながら強く吸引した。

「あ、ああ……っ」

その刺激で、身体は完全に目覚めたようだ。ぴいんと背を仰け反らせ、小山内の髪を弄っていた指が硬直する。全身が電気を帯びたかのようにぶるぶると震えた。

唇をすぼめて、何度か上下してやると、腰がさらに迫り上がってきた。舌で舐め回すとじわりと苦い液が滲み出る。

「んっ……んん」

のろのろと首を振り、やがてぼんやり目が開いた。虚ろな瞳は、まだ周囲の状況を認識できないうちに閉じてしまう。意識は、覚醒と半覚醒との境目をうろうろしているらしい。

「眠っているうちに、天国に行かせてやろうか」

恭巳のモノから口を離し、小山内が淫蕩そうな笑みを浮かべる。唾液と、恭巳自身の先走りで濡れた唇を指で拭う仕草が、限りなく卑猥だった。

片足を持ち上げ、腰の部分を自分の膝の上に載せてしまう。強烈な体勢を取らせても、まだ恭巳の抵抗はない。いつもならこのあたりで、恥ずかしいと足をばたつかせたり、こんなの嫌だと逃れようと動き出すのだが。

恥じらいで身体を赤く染めて抵抗する恭巳もいいが、こちらの思うままに身体を撓めている恭巳も、これはこれで捨てがたい。なにより暴れる恭巳を宥めすかせる手間がいらないぶん、拓かせた身体をじっくり視姦できるのがいい。

一方の指で、恭巳自身をソフトに刺激し続け、そこから零れ落ちる樹液を掬い取って、さらにその奥、小山内が開発した秘孔に指を触れさせる。

固く閉じたその部分を少しずつ開いていく。幹を伝う液は、次第に量を増し、わざわざ指で掬わなくてもその部分までとろとろと伝い落ちてきた。

つぷっと音を立てて、指が蕾の奥に飲み込まれた。やがて訪れる快感を知っている内部は、小山内の指の進入を歓喜して迎え入れ、放すまいと締め付けてきた。きゅっと締まるその感触に、自身が直に包まれたときの記憶が蘇り、すでに勃ち上がっていた小山内自身がさらに硬度を増す。触れているだけで、節操もなく反応した自身に苦笑しながら、小山内は一刻も早く恭巳に包み込まれたいと、熱心に指を動かした。

何度も身体を合わせているうちに、恭巳の身体も与えられる刺激を素直に受け止められるようになっていた。指でくつろがせるための時間も、最初の頃に比べて格段に短くて済むし、それでいて中はとろけるように柔らかい。最近では、中に入って恭巳に包まれた途端、不甲斐なくもそのままイきそうになることが多い。むろん、そんな無様なことは自分自身にも許せず、歯を食いしばって最初の波をやり過ごすのだが。

恭巳自身が意識してそんな締め付けをしてくるのではないから、小山内としては油断できないのだ。お互い、身体の相性が特別にいいとしか思えない。さらに愛情が、その快感を倍加しているのだろう。

三本の指がらくらく入るようになって、これ以上は自分も待てないと、腰を押しつけたとき、

「な、なにして……、小山内さん？」

ようやく完全に目が覚めたらしい恭巳が、仰天している。それに答える前に、小山内はぐっと自身を進入させ、

「ああっ」

と恭巳に甲高い声を上げさせた。ぐいぐいと容赦なく突き進み、すべてを収めきってから改めて恭巳の顔を覗き込む。

目が覚めたと同時に身体を串刺しにされたショックで、恭巳は目をぎゅっと瞑《つむ》り、切れ切れの息を零しながら激しく胸を高鳴らせている。半開きの唇をそっとキスで覆うと、反射的にそのキスに応えながらも、非難するかのように力の入らない腕で小山内を押し退けようとする。

「あ、やっ……ん」

その抵抗が気に入らないと、何度か腰を大きくグラインドさせると、恭巳は鳥肌を立てながら快感に揺さぶられて声を漏らした。

「や、って…ば。小山内、さん……」

「いいから、感じてろ」

そのまま恭巳の微かな抗いを無視して腰を使い、激しく攻め立てた。突き入れたときに当たる最奥に、恭巳の泣き所がある。巧みにそこを突くように見せかけて僅かに外したり、予期していないときに奥まで届かせたりして、恭巳がもどかしい快感に噎《むせ》びながら夢中でしがみついてくるまで翻弄した。

「あ、も、……やぁ…そこ、もっとぉ」

自分から腰を押しつけてくる。欲しいところを巧みに避ける小山内に、気も狂わんばかりに昂《たかぶ》らされ、鳴き声を上げて縋りつく。

「イきたいか？」

意地悪く聞かれて、何度も頷く。

「イく……っ。イっちゃう」

「だめだ」

無情な拒絶に、恭巳は感極まって嗚咽を漏らした。

「や、や、もう、だめ」

腰を振りながら、自分で極めようと伸ばした手は、簡単に小山内に振り払われてしまう。

「ど、して？　小山内…さん」

涙でぐっしょり濡れた瞳を見開いて、懸命に小山内を見上げる。その間も小刻みに中を擦り上げ、恭巳自身からとくりとくりと蜜を溢れさせながら、小山内は最後の解放を渋り続けた。自身、限界に近いにもかかわらず。

「……小山内さん、おねが……」

しゃくり上げて言葉も途切れてしまう。その代わりに、恭巳は小山内の首にしがみついて身体を持ち上げると、哀願と服従の気持ちを込めて口づけたのだった。

「ど、すれば……、いい？」

なんでもするからと、恭巳は小山内の前にひれ伏した。感じて堪らない奥を刺激され続け、そのくせ欲しい最奥は突いてもらえず、勃ち上がって蜜を零して震えている熱魂に触れることも許されないで、恭巳には生殺し状態が続いてるのだ。

「じゃあ、言ってごらん、俺の言うとおりに」

ようやく条件を示されて、恭巳は夢中で頷いた。

「まずは、『ごめんなさい』だ。俺がどれだけ探し回ったと思っているんだ」

「探して……、くれたの？」

「当たり前だろ」

そのときの苛立たしさを思い出して、小山内が少し乱暴に腰を揺さぶった。

「あ、あぁん……ん。やぁ」

その刺激で、今にも届きそうな高みに押上げられかけて、きゅっと前を縛められた。いやいやと身悶《みもだ》えしても許してはもらえない。

周防からの連絡を受けて、急いでアパートに帰ったが、中はもぬけの殻で、携帯にも応答がない。自分の不手際を悔やみつつ、ショックを受けた恭巳がどうしているかと心配で、居ても立ってもいられなかった。その間周防は、恭巳が教授と一緒にいると知りながら、情報を伏せていたのだ。

「尾行していたのを撒《ま》かれました」

としゃあしゃあと言ってのけたあの顔が今ここにあれば、頬のひとつも張っていただろう。撒かれたのは事実でも、その前に教授の車に恭巳が乗り込んだことを、周防はちゃんと把握していたのだ。

「ほら、言ってみろ」

「ご、ごめん…な…。きゃう……っ」

意地悪な指が、今度は胸の粒を摘み上げる。神経をびりびりと走る快感に、恭巳はごめんなさいを言い終える前に悲鳴を上げた。

「おや、『ごめんなさい』は？」

「……小山内さん、意地悪だ」

睫毛をしばたかせると、眦に堪っていた涙がほろっと零れ落ちていった。

「オレが、悪いの？　小山内さん、に、婚約者……いるって…」

ひくっと啜《すす》り上げながら、酷いのはそっちじゃないか、と懸命に言い立てる。

「オレ、どうしよ……って…、思って。……婚約者」

改めてその言葉を口に乗せると、ずっと感じていた憤りと、欺かれていた悲しみと、胸を塞ぐ苦しさが込み上げてきて、恭巳はきゅっと唇を噛んだ。それまでは快感ゆえに溢れていた涙が、別の意味を帯びる。撓りきって今にもイキそうだった昂りも、心なしか力を失っていた。

恭巳の悲痛な表情に、小山内は胸を突かれた。もともとの原因は自分なのだ。そのせいで、愛しい存在をこんなふうに泣かせて。

「……俺は何をしているんだろうな」

深い反省のため息と共に、恭巳の髪を掻き上げる。宥めるように優しいキスを贈り、

「とにかく、一度イこう。俺もこのままでは収まらないし」

と、今度は恭巳の感じる部分を的確に突き、しんなりしかけた昂りも、手で刺激することによってもとの硬さにまで復活させた。

痛みを覚える胸は、与えられる快感を受け止めきれないでいるのに、小山内は容赦せず、恭巳は嵐の海に翻弄される小舟のように、急激に絶頂に導かれた。

「あ、あ、あぁぁ……っ」

身体を仰け反らせ、強く揉まれた茎から夥《おびただ》しい白濁を噴き上げながら、恭巳は自らの内部を痙攣するように引き絞った。その強い締め付けを待ち侘びていた小山内も、共に上り詰める。

果てたあと無意識に身体を引こうとする恭巳を、小山内は胸に引き寄せて、互いに呼吸が落ち着くまで放さなかった。

「愛している、恭巳」

居心地悪げに身じろいでいる恭巳を、さらに力を入れて抱き締めながら、小山内は、そのピンク色に染まった耳元に囁いた。

ぽろっと、残っていた涙の粒が零れ落ちる。

「だったら、なぜ……」

「周防に何度も言われていたのに、最初に説明しておかなかった俺が悪い。ごめんな、恭巳。君をこんなふうに泣かせるつもりはなかったんだ。俺の中では、婚約はたんなる方便で、恭巳に影響を及ぼすことだと認識していなかった」

小山内は、恭巳の顔を両手で掬い上げて、じっと目を覗き込んだ。青みを帯びるほど綺麗な瞳の白が、泣いたことで少し赤らんでいる。快感で噎んだだけでなく、婚約者の存在に、さぞや不安を掻き立てられたのだろう。

「婚約者がいれば、それ以上結婚をせっつかれなくて済むという思惑で、まだ大学のときに彼女と婚約した」

「は？」

あんまりな理屈に、恭巳がぽかんと口を開ける。

「俺はひとり息子だから、早くから親たちにやいやい言われ続けてね、彼女の方も似たような状況で。そのままだと意に染まぬ相手を押しつけられそうだったから、先手を打ったんだ」

「でも……、小山内さんはよくても、相手のひとは？」

「彼女は、松村志保というんだが、ばりばりのキャリア志向で、婚約によって家の重圧から逃れ、世界中を飛び回って楽しそうに仕事をしているよ」

心配することはない、と小山内は、そっと恭巳を抱き寄せる。恭巳は引き寄せられるままに小山内に胸に頬を預け、告げられた事実を何度も頭の中で繰り返した。

「信じられない。小山内さん、こんなに素敵なのに。小山内さんを振って、仕事を取るなんて」

あげくに、ぽつりと言葉が零れてしまう。本当にそう思っているのにと、真摯な瞳が見上げてきて、小山内は、恭巳の無条件の好意をくすぐったい思いで受け止めた。

「恭巳だけだよ、そんなことを言ってくれるのは。俺はどう考えてもいい夫にはならない。彼女は頭のいい女性だから、そのあたりは早くに見切りをつけている。もっとも彼女が恭巳だったら、俺もどう変わったかはわからないけれどな。卒業を待たずに孕《はら》ませて、有無を言わさず籍を入れて自分のものにしていただろうよ」

と悪戯っぽく言われて、それはいいことなのかどうか、恭巳は頭を捻った。小山内は時々回りくどい言い方をして、恭巳を煙に巻いてしまうのだ。

「婚約者のことは、納得したか？」

「う…ん、まあ。でも……」

不安そうな響きを滲ませる声が、頼りない。

「恭巳を不安にさせるようなら、この際婚約は解消するよ」

「え？」

「その代わり、今度親たちに責められたら、君を紹介するからな」

ちゃんと心構えしておいてくれ、なんて言われて、恭巳は飛び上がった。

「な、な、何を！」

わたわたと手を振って、やめてと訴える。

「カミングアウトなんて、冗談じゃない。絶対息子を誑かしたやつ、とか言って、オレが責められるんだ。ヤダ。冗談じゃない」

「誑かしたと責められるのは、年齢的に見ても、性格を考えても俺の方だと思うぜ」

楽しそうに恭巳の髪を弄りながら、小山内が笑う。そのふてぶてしいまでの笑みに、巧まざる男らしさが滲み、恭巳は意識を吸い寄せられた。

「まあ、恭巳が嫌だと言うなら、婚約を解消したままで少しようすを見よう。親たちに爆弾を投げつけるのは、退っ引きならない事態に追い込まれてから、ということで。それでいいか？」

うん、と今度は恭巳も素直に頷いた。言葉の端々に、恭巳を大切に思っているのだという小山内の意識が伝わってきて、感激が胸に溢れ出す。

「そっちは、解決っと。では、今度は俺が聞く番だな」

柔らかだった声が、急に硬く冷たく響き、恭巳はなんだろうと身構えながら、びくっと肩を揺らした。

「どうして石丸教授の家で酔いつぶれていたんだ？　別の男の腕に抱かれている恭巳を見て、俺がどんな思いをしたか、わかるか？」

「あ、あのう……、抱かれていた？」

「そうだ」

小山内が見たときは、確かにソファに横たわっていたが、絶対しばらくは抱き締めて、触るくらいはしていたに違いないと、内心では思っている。跡を残さなかっただけで。

「そんなはず、ないと思うけど……」

記憶のない恭巳は責められると、言葉を濁《にご》すしかない。どうして酔ってしまったのか、懸命に考える。

悩め、悩め、と小山内は意地悪くそのようすを見ていた。恭巳が酔いつぶれた原因を思えば、これ以上咎めるつもりはないが、少しくらいの意趣返しは許されるだろう。

恭巳は、自分がまだ素肌を晒したままだということも忘れて、額に皺を寄せている。

「ロマネ・コンティにつられてしまう恋人に、俺は傷ついたな」

わざとらしくため息をつき、大げさに額に手を当てて項垂れる。

「あ、あの、小山内さん……？」

「慰めてくれてもいいと思うんだが」

「う、うん。オレも悪かったと思うし」

「じゃあ、いいんだな」

にやりと笑って顔を上げた小山内は、指先にネクタイをぶら下げている。それを見た途端、恭巳の脳裏にさあっと記憶が蘇った。

あのとき、恭巳が許すまで挿れないと誓った小山内に、その代わりに延々と甘い責め苦を与えられ続け、最後には「挿れて！　終わらせて！」と泣き喚かされてしまったのだ。そのときのアイテムもネクタイだった。恭巳は顔を引きつらせ、ベッドの上を這って逃げようとした。

それを小山内が、ゆったりと押さえ込む。

「慰めてくれるんだよなあ」

耳元で、ことさら甘く囁かれて、恭巳はびくりと首を竦めた。身体の奥から、小山内の声に蕩かされた疼きが込み上げてくる。ふわりと抱き込まれて、逃げたいのか、このまま流されたいのか、揺れ動く瞳が、ゆっくり瞼に覆われていった。

あとがき

初めまして、こんにちは。

懐かしいお話を文庫化していただきました！　なんと二〇〇四年ですよ。うわあ。嬉しいけれど、ちょっと恥ずかしい気もします。あの頃の、がむしゃらに書いていた勢いを汲み取っていただければと思います。

さて物語の基本はらぶ。技術を狙って近づいた攻め様が、いつの間にか受け様にめろめろになっています。とはいえ最後は受け様ごと手に入れるのですから、さすがですね。でもあれこれ裏でやっていたことについては、ちょっと許せない気もします。そのうちすべてを知った受け様に、とっちめられるといいと思います。

さて今回イラストを描いてくださったのはすがはら竜《りゅう》先生です。可愛い恭巳とかっこいい小山内。とても素敵で目の保養でした。いろいろご迷惑をおかけしたにもかかわらず、素敵な彼らをありがとうございました！

そして担当様。毎回胃が痛くなるようなご心配をおかけし、心から反省しています。頑張りますので、どうか見捨てないでくださいね。

最後に読んでくださった皆様へ。たくさんの本の中からお手にとって下さり、本当にありがとうございました。巷ではコロナ過のなか、辛く苦しい我慢が続いていることと思います。少しでも心の癒やしになればと願っています。そして日常が早く戻ってきますように。

それではまた、どこかでお会いできますように。

橘《たちばな》かおる

Cocktail Kiss Label

カクテルキス文庫

好評発売中！！

◆伊郷ルウ

- 天狐は花嫁を愛でる　明神 翼 画　本体639円＋税
- 赤ちゃん狼が縁結び　小路龍流 画　本体685円＋税
- 異世界で癒やしの神さまと熱愛　えとう綺羅 画　本体685円＋税
- 熱砂の王子と白無垢の花嫁　えとう綺羅 画　本体685円＋税
- 花嫁は豪華客船で熱砂の国へ　水綺鏡夜 画　本体685円＋税

◆上原ありあ

- 囚われた砂の天使　有馬かつみ 画　本体639円＋税

◆えすみ梨奈

- 天才ヴァイオリニストに見初められちゃいましたっ！　立石 涼 画　本体685円＋税

◆栗城 偲

- 嘘の欠片　一夜人見 画　本体755円＋税

◆高岡ミズミ

- 恋のためらい愛の罪　蓮川 愛 画　本体632円＋税
- 今宵、神様に嫁ぎます。～花嫁は強引に愛されて～　緒田涼歌 画　本体573円＋税
- 恋のしずくと愛の蜜　蓮川 愛 画　本体639円＋税
- 竜神様と僕とモモ ～ほんわか子育て溺愛生活♥～　タカツキノボル 画　本体639円＋税
- 情熱のかけら　えとう綺羅 画　本体685円＋税
- 月と媚薬　立石 涼 画　本体685円＋税
- 溺れるまなざし　やすだしのぐ 画　本体685円＋税
- オメガの純情 ～砂漠の王子と奇跡の子～　小山田あみ 画　本体755円＋税

◆橘かおる

- 神獣の寵愛 ～白銀と漆黒の狼～　明神 翼 画　本体573円＋税
- 神獣の溺愛 ～狼たちのまどろみ～　明神 翼 画　本体630円＋税
- 黒竜の花嫁 ～異世界で王太子サマに寵愛されてます～　稲荷家房之介 画　本体639円＋税
- 神の花嫁　タカツキノボル 画　本体648円＋税
- レッドカーペットの煌星　明神 翼 画　本体685円＋税
- その唇に誓いの言葉を　実相寺紫子 画　本体685円＋税
- 神主サマはスパダリでした　タカツキノボル 画　本体685円＋税
- 黒竜の寵愛 ～異世界で王太子サマと新婚生活～　稲荷家房之介 画　本体685円＋税
- 神様のお嫁様　タカツキノボル 画　本体685円＋税
- 王宮騎士の溺愛　タカツキノボル 画　本体685円＋税
- 妖精王と麗しの花嫁　香坂あきほ 画　本体685円＋税

◆中原一也

- 野良猫とカサブランカ　実相寺紫子 画　本体591円＋税

◆火崎 勇

- ランドリーランドリー　有馬かつみ 画　本体685円＋税
- 夕闇をふたり　実相寺紫子 画　本体685円＋税

◆日向唯稀

- Dr.ストップ —白衣の拘束—　水貴はすの 画　本体600円＋税
- Bitter・Sweet —白衣の禁令—　水貴はすの 画　本体618円＋税
- 獄中 —寵辱の褥—　タカツキノボル 画　本体685円＋税

◆妃川 螢

- オーロラの国の花嫁　えとう綺羅 画　本体573円＋税
- 誑惑の檻 —黒皇の花嫁—　みずかねりょう 画　本体630円＋税
- ラブ・メロディ —執着の旋律—　せら 画　本体648円＋税
- ラブ・メロディ —情熱の旋律—　せら 画　本体685円＋税
- 王と剣 —マリアヴェールの刺客—　みずかねりょう 画　本体685円＋税
- 恋の孵化音 —Love Recipe—　かんべあきら 画　本体685円＋税
- 金融王の寵愛　海老原由里 画　本体685円＋税
- 禁断ロマンス　朝南かつみ 画　本体685円＋税

◆藤森ちひろ

- 愛執の褥 ～籠の中の花嫁～　小路龍流 画　本体618円＋税

◆森本あき

- 魔王の花嫁候補 ～下級魔法使いの溺愛レッスン～　えとう綺羅 画　本体685円＋税
- 希少種オメガの憂鬱　立石 涼 画　本体685円＋税

◆義月粧子

- 宿命の婚姻 ～花嫁は褥で愛される～　みずかねりょう 画　本体582円＋税
- かりそめの婚約者　水綺鏡夜 画　本体630円＋税
- オメガバースの不完全性定理　星名あんじ 画　本体685円＋税
- オメガバースの双子素数予想　星名あんじ 画　本体685円＋税
- オメガバースのP対NP予想　星名あんじ 画　本体685円＋税
- 諸侯さまの子育て事情　小禄 画　本体685円＋税

【電子書籍配信】

◆妃川 螢

- 不敵な恋の罪　タカツキノボル 画　本体857円＋税
- ワガママは恋の罪　タカツキノボル 画　本体857円＋税

Cocktail Kiss Label

カクテルキス文庫をお買い上げいただきありがとうございます。
先生方へのファンレター、ご感想は
カクテルキス文庫編集部へお送りください。

〒102-0073　東京都千代田区九段北1-5-9-3F
株式会社Jパブリッシング　カクテルキス文庫編集部
「橘かおる先生」係　／　「すがはら竜先生」係

◆カクテルキス文庫HP◆ http://www.j-publishing.co.jp/cocktailkiss/

いつわりの甘い囁き

2020年6月30日　初版発行

著　者　橘かおる
©Kaoru Tachibana

発行人　神永泰宏

発行所　株式会社Jパブリッシング
〒102-0073　東京都千代田区九段北1-5-9-3F
TEL　03-4332-5141
FAX　03-4332-5318

印刷所　中央精版印刷株式会社

初出　いつわりの甘い囁き………リーフノベルズ（2004年刊）改稿
それぞれの思惑……………同人誌改稿

ISBN978-4-86669-295-1　Printed in JAPAN